Oetinger
AUSLESE

Klara Jarunkova

Der Bruder des schweigenden Wolfes

Deutscher Jugendliteraturpreis

Jugendbuch

Oetinger AUSLESE

Herausgegeben von Sybil Gräfin Schönfeldt

Verlag Friedrich Oetinger, Hamburg 1986

Die slowakische Originalausgabe erschien bei Mladé Letá, Bratislava, unter dem Titel »Brat mlčanlivého Vlka«
Deutsch von Marianne Gärtner
Einbandgestaltung: Manfred Limmroth
Titelbild: Klaus Steffens
Gesamtherstellung: Clausen & Bosse, Leck
Printed in Germany 1989

ISBN 3-7891-1565-7

Klara Jarunkova

Der Bruder des schweigenden Wolfes

Deutsch von Marianne Gärtner

Verlag Friedrich Oetinger · Hamburg

Klara Jarunkova wurde 1922 als Tochter eines Postmeisters in der Tschechoslowakei geboren. Sie verbrachte ihre Kindheit in einem kleinen Dorf im Gebirge der Mittelslowakei eng verbunden mit der Natur. Später studierte sie slawische Sprachen und Philosophie, war als Redakteurin literarischer Sendungen beim Rundfunk tätig und schrieb ihre ersten Kinder- und Jugendbücher. Ihr bekanntestes und erfolgreichstes Buch wurde »Der Bruder des schweigenden Wolfes«, das 1970 den Deutschen Jugendliteraturpreis erhielt.

Aus der Begründung der Jury des Deutschen Jugendliteraturpreises: Klara Jarunkova schildert den Alltag der beiden Jungen, dem die Szenerie einer unbekannten Gebirgslandschaft für die deutschen Leser den Zauber des Fremdartigen gibt. Die schöne Konsequenz, mit der die Autorin in der Erzählung die Sicht eines etwa Zwölfjährigen durchhält, rückt aber das über alle nationalen Unterschiede Verbindende jugendlicher Erfahrungen in den Vordergrund. Das gelingt um so mehr, als die politischen und gesellschaftlichen Verhältnisse in der heutigen Tschechoslowakei nur am Rande in das Dasein der Hüttenwirtsfamilie hineinspielen. Mit dem unaufdringlichen Humor, der eine allzu bequeme Identifizierung der jungen Leser mit dem Erzähler verhindert und kritische Distanz zu Stoff und psychologischer Darstellung ermöglicht, berichtet Klara Jarunkova davon, wie die Allgegenwart einer strengen Natur im Hochgebirge menschliches Leben und Sterben in ihren Rhythmus zwingt.

Unten am Bach suchte ich meinen Bruder Vuk. Er wollte der alten Forelle auflauern.
»Verschwinde!« schrie Vuk, als er mich sah. Beinah hätte er den Kescher nach mir geworfen.
»Jetzt hätte ich sie erwischt«, knurrte er. »Na warte, Brüderchen!«
Aber ich war bereits schleunigst verduftet.
Beim Fischen ist Vuk unausstehlich. Da darf man nicht mal atmen. Er schon, aber andere nicht. Und er tut, als gehörten die Fische ihm allein. Dabei hat er die alte Forelle gar nicht entdeckt. Entdeckt hatte sie eigentlich unsere kleine Schwester Gabka.
An einem Sonntagmorgen wollte Gabka mir die Vergißmeinnicht zeigen, und da sprang die Forelle aus dem Wasser, genau vor ihrer Nase. Vor Schreck wäre sie fast in den Bach gefallen. Und das in Sonntagskleidern! Dann setzte sie sich hin, genau da, wo die Felsen ganz schmutzig, schlammig und grün sind.

Zuerst wollten wir Vuk gar nichts von der Forelle erzählen. Aber als er in den Ferien aus Stiavnice nach Hause kam, konnten wir es einfach nicht mehr für uns behalten. Und das war unser Fehler.
Jetzt war es so weit gekommen, daß er mich anschrie: »Verschwinde!« Schon die zweite Woche war er hinter ihr her. Er wollte sie lebend ins Bassin bringen. Deshalb wollte er sie auch mit dem Kescher fangen. Zweimal schon hat die Forelle unter dem Stein im Wasser herausgeguckt. Aber dann haben wir sie erschreckt. Und darum war Vuk böse auf uns. Wegen unserer eigenen Forelle! Aber so ist mein Bruder Vuk.
Gabka fuhr mit dem Vater in unserem Citroën ins Dorf, um Milch zu holen. Wir holen die Milch immer in zwei großen

Korbflaschen aus der Försterei. Und Gabka fährt immer mit, weil sie in der Försterei eine Freundin hat. Die heißt Eva und fürchtet sich vor ihrem eigenen Truthahn. Ich geh nicht gern zu den Rydziks (das sind die Förstersleute). Während des Schuljahres bin ich oft genug da; und außerdem haben sie keine Jungen, sondern nur drei ziemlich dämliche Mädchen. Die nähen immerzu Puppenkleider. Und damit stecken sie unsere Gabka an. Die fängt dann auch an, Kleidchen auszuschneiden und mit den Puppen zu reden, so daß man sich fragt, ob das dieselbe Gabka ist, die Schlangen mit der bloßen Hand fängt. Darum also gehe ich nicht gern in die Försterei. Es macht wirklich keinen Spaß, dummen kleinen Mädchen zuzusehen, wie sie mit Nadel und Faden herumstochern, um alberne Puppenkleider zu nähen. Dann ist es schon besser, sich mit unseren beiden Bernhardinern Strasch und Boj die Zeit zu vertreiben.

Nachdem Vuk mich fortgejagt hatte, ging ich zu unserer Hütte. Wir leben nämlich in einer Berghütte in der Niederen Tatra. Es gibt bei uns immer viele Gäste, Urlauber, Wanderer, Jäger und im Winter die Skiläufer. Mein Vater ist der Hüttenwirt.

Ich ging aber nicht hinein, sondern zum Eiskeller oberhalb der Hütte. Denn im Sommer liegen die Hunde meistens dort oben, um sich vor der Sonne zu schützen. Bernhardiner vertragen überhaupt keine Hitze. Im Sommer magern sie bis zum Skelett ab, und dann haben sie Angst, daß sie vielleicht nie wieder Schnee erleben könnten. Bernhardiner sind zwar klug, aber es sind eben doch nur Hunde, und sie begreifen nicht, daß nach jedem Sommer wieder ein Winter kommt und daß es nach jedem Winter wieder warm wird. Und Wärme können sie nun mal nicht ausstehen.

Aber wenn jemand zu ihnen kommt, sind sie glücklich. Sie laufen einem schwanzwedelnd entgegen und vergessen ganz, daß sie sich nun in der Wärme auch noch bewegen müssen. Wenn man dann so tut, als bemerke man sie gar nicht, dann stürzen sie sich wie Löwen auf einen. Dann laufe ich weg wie der Blitz, werfe mich auf den Sand, der vor der Hütte aufgeschüttet ist, und tu so, als hätte ich Angst. In Wirklichkeit muß ich mir aber das Lachen verbeißen.

So machte ich es auch dieses Mal. Als ich in die Nähe des Eiskellers gekommen war, lief ich plötzlich weg. Sogleich waren mir vier Pfoten auf den Fersen. Ich war schon um die Hütte gelaufen, als Strasch mich erreichte. Wir wälzten uns beide im Sand.

»Wo ist Boj?« rief ich. Strasch schnaubte wie eine Lokomotive und reichte mir höflich die Pfote.

Ich ging wieder hinter den Eiskeller. Dort, am Bergrand, wachsen Himbeersträucher. Es ist der kühlste Platz, und die Himbeeren werden erst ganz spät reif, erst am Ende der Ferien.

»Boj!« rief ich, so wie Vater ihn immer ruft. »Hierher, Boj!«

Aber nichts rührte sich in den Himbeersträuchern. Nun zwitscherte ich mit Gabkas Stimme. »Wo versteckst du dich, Boj? Wo bist du denn? Brauchst keine Angst zu haben, mein lieber Boj ...«

Gabka wird von Boj heiß verehrt. Für die würde er sogar in den Backofen gehen oder in die pralle Sonne. Als sich daher auch jetzt nichts rührte, wußte ich, daß er nicht in den Himbeersträuchern war.

Ich sah mich um. Es war unheimlich still. Hier oben leben wir wirklich wie in der Wildnis. Überall stehen die Bäume ganz dicht. Mit ihren Zweigen reichen sie beinah durchs Küchenfenster.

Plötzlich bewegte sich kein einziger Zweig mehr. Man hörte nicht einmal ein Rauschen. Sonst rauschen die Bäume ziemlich laut, und je näher der Abend kommt, um so stärker wird das Rauschen. Manchmal rauschen sie in der Nacht so stark, als wenn der Teufel Hochzeit hält, wie Jula, unsere Köchin, sagt.

Ich zog mir die Sandalen aus und schlich barfuß, leise wie ein Luchs, zum Schweinekoben. Zwischen den Fichten wuchs, wie aus Versehen, eine Espe. Die Blätter der Espe zittern unaufhörlich, und immer raschelt es in ihrem Laub. Zu dieser Espe führt ein richtiger Zaun, den Vater für die Ferkel vom vorigen Jahr angelegt hatte. Damit die nicht immer im Stall sitzen mußten.
An diesem Zaun, auf den Hinterbeinen aufgerichtet, stand Boj. Unbarmherzig stach die Sonne auf seinen Kopf. Normalerweise erträgt das kein Bernhardiner.
Flink und ohne ein Geräusch zu machen, bewegte ich mich vorwärts, bis ich neben Boj war. Aber der beachtete mich überhaupt nicht.
»Was machst du denn hier bei dem Schwein?« sagte ich, denn ich wollte meine eigene Stimme hören. Ich hörte sie auch, aber Boj offenbar nicht. Er bewegte nicht einmal ein Ohr, und das kann er noch bei der allergrößten Hitze. Und dann stellte ich fest, wohin er so verzaubert und gebannt starrte. Auf das Schweinchen!
Ganz eingegraben in sein Dreckloch saß das Schweinchen da und rührte sich nicht, so als sei es angewachsen.
»Was ist denn los, Boj?« sagte ich. Aber dann fiel mir ein, daß das Schweinchen erst heute herausgelassen worden war, und vielleicht hatte der arme Boj in seinem ganzen Leben noch kein richtiges Schwein gesehen.
»Das ist ein Schwein, weißt du?« erklärte ich ihm. »Komm, das gucken wir uns mal genauer an.«
Ich gab ihm einen Stoß, weil er über den Zaun springen sollte. Ich wollte es ihm aus nächster Nähe zeigen, denn ich weiß, daß Boj erst dann etwas glaubt, wenn er sich selbst davon überzeugt hat. Bei mir ist das genauso. Hundertmal hatte ich einen Elefanten abgebildet gesehen. Aber im Zoo mußte ich ihn erst anfassen, um mich zu überzeugen, daß er auch richtig lebendig war. Als er mich dann mit seinem Rüssel packen wollte, fing ich an zu heulen.
»Na los, spring drüber, du Feigling!« sagte ich.

Mit einem Satz war Boj über den Zaun. Ganz leise schlich er sich an das unbekannte Geschöpf heran und beobachtete es. Ich konnte mir denken, daß er nicht wußte, wo das Schweinchen anfing und wo es aufhörte. Wenn er es gewußt hätte, hätte er bestimmt nicht seinen Kopf drei Zentimeter vor den Rüssel des Schweinchens gelegt.
Plötzlich öffnete das Schwein ein dreckverschmiertes Auge und erblickte Boj. Es schnaubte, und dann machte es: »Nuff.«
Das war für Boj das Signal zum schnellen Rückzug. Zweimal überschlug er sich noch, bevor er wieder auf die Beine kam. Und dann sprang er wie der Blitz über den Zaun und verschwand in den Himbeersträuchern. Wie ich ihn kenne, hat er mindestens eine halbe Stunde gebraucht, um sich von diesem Schreck zu erholen.
Ich sprang ebenfalls über den Zaun, und ich mußte furchtbar lachen, als ich sah, wie dieses verflixte Schwein die Ohren spitzte und über sein ganzes Schweinsgesicht lachte.

Wie auf Kommando begannen die Bäume zu rauschen. Die Wipfel der alten Tannen bewegten sich hin und her und bogen sich fast bis auf das Gras der Wiese. Hinter der Hütte schaute Krampulka, die Henne, hervor. Traurig drehte sie sich um und ging mit ernsten Schritten in den Holzschuppen.
Hinter der Krupov-Alm hörte man ein singendes Brummen, zuerst nur leise und dann immer stärker und stärker. Und dann sprangen kleine, fliegende Funken über den grauen Bergrücken.
Aus dem Küchenfenster erklang süß und schadenfroh Julas Stimme: »Djuro, komm her, es ist schon spät!«
Warum konnte sie mich nicht in Ruhe lassen. Ich beschloß, mich heute nicht zum Kartoffelschälen in die Küche sperren zu lassen. Und den Entschluß führte ich auch durch. Ich ließ mich nicht einsperren. Ich trug den Korb mit den Kartoffeln

und den Topf mit Wasser nach draußen und schälte die Kartoffeln draußen vor der Hütte.

Mit Blitz und Donner entlud sich im Tal das Gewitter. Siebenmal klang das Echo vom Berggipfel über der Hütte wider. Schon als es zum zweitenmal donnerte, stürzten die Hunde in die Küche und legten sich zitternd unter den Tisch.
»Jetzt reicht es mir«, sagte Vater. »Das sind alte Weiber, aber keine Hunde. Raus mich euch, nach draußen!« Er nahm die Flinte von der Wand und gab ihnen mit dem Schaft einen Stoß. Boj verdrückte sich in die dunkelste Ecke, aber Strasch blieb ruhig sitzen. Unter dem Tisch waren nur seine Augen zu sehen. Man merkte, daß ihm alles egal war. Aber natürlich wagte er nicht, sich auf den Vater zu stürzen.
»Auwau«, winselte Strasch mit kläglicher Stimme. Vater hatte ihm beigebracht, die Touristen so zu begrüßen.
»Das kannst du dir sparen«, sagte Vater, »und jetzt raus!«
Mamka kam aus der Stube gelaufen und Jula aus dem Speisezimmer. Gabka kroch unter dem Tisch hervor, wo Boj sich versteckt hatte. Alle Frauen baten um Gnade für die Hunde. Sie nahmen Vater das Gewehr ab, und Gabka schlang ihre Arme um Vaters Bein, damit er sich nicht rühren konnte.
»Ihr mischt euch da nicht ein«, sagte Vater. »Geht aus dem Weg!«
»Die Hunde haben doch so schwache Nerven«, sagte Mamka.
Vielleicht sind sie damals nervös geworden, als die Arbeiter den Felsen sprengten. Zwei Kilometer unter der Hütte wurde der Weg in den Staatsforst verbreitert. Die Bernhardiner verkrochen sich aus Angst vor den Detonationen.
»Zwei volle Schüsseln leer zu fressen, dazu haben sie die Nerven«, sagte Vater drohend. »Aber wenn ein Tannenzapfen vom Baum fällt, verkriechen sie sich am liebsten in ein Mauseloch.« Und dann befahl er: »Strasch, hierher! Boj, hierher!«

Als sie ihre Namen und das »hierher« hörten, verstanden die Hunde, daß sie parieren mußten. Sie standen auf, hoben den Tisch auf ihren Rücken und trugen ihn fast bis zur Tür. Dann duckten sie sich und krochen ohne Deckung um den Vater herum. Der Tisch blieb in der Küche.
Vater, Vuk und ich gingen vor die Hütte. Die Hunde warteten auf uns. Strasch stand wie eine Säule. Nur die Augen in seinem dichten Fell leuchteten und schielten auf das Gewehr. Boj wedelte mit dem Schwanz, tanzte um Vater herum und gab ihm die Pfote. Damit erweicht er jeden. Aber nicht den Vater.
»Hinlegen, ihr Feiglinge!« sagte Vater.
Strasch gehorchte sofort, Boj erst auf den zweiten Befehl. Er wälzte sich wie ein Sack, streckte die Pfoten in die Luft, strampelte mit den Beinen und tat alles, um seinen Herrn aufzuheitern. Aber das gelang ihm nicht. Vater schrie ihn an, und Boj machte brav Männchen, so wie Strasch.
Dann legte Vuk jedem ein Stück Zucker auf die ausgestreckten Pfoten. Bernhardiner lieben Süßigkeiten über alles, und gerade darum konnte man mit Zuckerstücken ihren Charakter prüfen. Sie durften sie nicht fressen.
Strasch kümmerte sich überhaupt nicht um den Zucker, aber der arme Boj litt Höllenqualen. Er konnte seinen Blick nicht von dem Zuckerstück wenden, beschnüffelte es, winselte, und der Speichel troff ihm aus der Schnauze.
»Wehe, wenn du den anrührst«, sagte Vater.
Die Frauen guckten aus dem Küchenfenster. Vater drehte sich um und sagte: »Macht das Abendessen fertig, ihr Frauen. Dies hier ist Männersache.«
Vuk und ich zählten natürlich zu den Männern und konnten bleiben. Auch Strasch und Boj waren Männer. Aber Feiglinge.
»Hört zu, ihr Welpen«, schrie Vater sie an, »Waschweiber haben in den Bergen nichts zu suchen. Wenn einer von euch sich

bewegt oder vielleicht sogar wegläuft, jage ich ihm eine Ladung Schrot in den Pelz. Habt ihr verstanden?«
Die Hunde lagen bewegungslos da und schauten dem Vater in die Augen. Um Boj hatte ich Angst, denn er ist wirklich kein Held. Verstand hat er für zehn Hunde, aber er ist kein Held.
»Macht den Mund auf«, sagte Vater zu Vuk und mir, »damit euch das Trommelfell nicht platzt.«
Er schoß eine Salve gegen den Himmel, daß ich mich zusammennehmen mußte, um nicht das Gleichgewicht zu verlieren.
Als ich die Augen wieder aufmachte, sah ich, daß Strasch sich um keinen Millimeter bewegt hatte. Nur die Augen in seinem wolligen Kopf blinzelten verstört. Boj lag noch am selben Platz. Aber er streckte die Beine in die Luft. Ich lief zu ihm und packte ihn an den Vorderbeinen. Er sprang auf und war offensichtlich glücklich, daß er noch lebte. Und im nächsten Augenblick schnappte er nach dem Zucker, den er bei Vaters Gewehrsalve verloren hatte.
»Ich glaube nicht, daß ich den noch erziehen kann«, sagte Vater und lachte. Dann ging er zu Strasch und gab ihm einen Klaps auf den unbeweglichen Kopf. »Du bist ein prächtiger Kerl«, sagte Vater. »Nimm den Zucker!«
Strasch nahm würdevoll das Zuckerstück von der Pfote und fraß es langsam auf.
Vater gab Vuk das Gewehr, streckte die Hand aus und rief: »Hierher, ihr Burschen!« Die Hunde wedelten freudig, stellten sich auf die Hinterbeine und legten die Vorderpfoten auf die Hand des Vaters. Boj leckte die Hand auf der einen und Strasch auf der anderen Seite, und beide hätten Vater aus lauter Liebe beinah aufgefressen.
So gern haben sie nicht einmal Mutter, obwohl die ihnen doch zu fressen gibt, und nicht einmal Gabka, und die wird von allen Tieren der Welt vergöttert.
Nur den Vater lieben sie so.

Mein Bruder Vuk heißt gar nicht Vuk, der Wolf, sondern Joscho. Am liebsten schweigt er und bleibt gern allein und für sich wie der schweigende Wolf. Als Onkel Rydzik, der Förster, einmal mit seiner jüngsten Tochter Libuschka am Sonntag bei uns war und sie von Joscho sprachen, da nannte Libuschka ihn Vuk. »Wo ist Vuk?« sagte sie. Und von da an behielt er diesen Namen.

»Er ist nun mal in einem schwierigen Alter«, sagte Mamka. »Es muß auch solche Jungen geben. Also laßt ihn in Ruhe!«

Wenn man Vuk nicht in Ruhe läßt, wird er ärgerlich. Und dann schläft er nicht bei uns im Zimmer fünfzehn der Hütte, sondern in der Krone der alten Buche hinter der Hütte. Dort hat er sich in den starken Ästen ein kleines Häuschen gebaut. Früher versteckte er sich tagsüber dort, wenn er Vaters Abenteuerbücher lesen wollte. Aber jetzt schläft er auch manchmal da oben in dem Baum.

Als er das zum erstenmal machte, nahm Mamka die Taschenlampe, stellte sich unter den Baum und bat Vuk, doch ins Haus zu kommen. Aber er erklärte, es gefiele ihm dort oben viel besser. Darauf holte Mamka eine Steppdecke aus der Hütte und bat Vuk, er möge doch so freundlich sein und sich die Steppdecke holen.

»Mach doch kein Theater, Mama«, rief Vuk aus dem Baum. »Mein Schlafsack genügt mir. Aber zwei Butterbrote und ein Glas Marmelade könnte ich gut gebrauchen.«

Sobald es ums Essen geht, verwandelt sich der schweigende Wolf in einen gefräßigen und wird dann auch gesprächig. Am liebsten würde er auch nachts im Schlaf essen. Und trotzdem schlägt das alles gar nicht an. Er ist schon so groß wie die Tür, aber er besteht nur aus Haut und Knochen. Wenn er auf dem Sportplatz trainiert, dann sieht es aus, als wenn im nächsten

Augenblick seine Knochen aus ihm herausfallen würden. Aber nur der Schweiß läuft ihm über den ganzen Körper bis in die Tennisschuhe und dort wieder raus aus den Löchern, die er sich für die Zehen geschnitten hat. Nach dem Training springt Vuk mit den Schuhen ins Bassin und hält den Kopf unter die Fontäne. Man wundert sich, daß unter der Haut außer Knochen auch noch Muskeln sind. Aber Vuk ist mit seinen körperlichen Leistungen nie zufrieden. Vielleicht ißt er darum so viel.

Vater und ich hatten uns damals leise neben Mutter gestellt. Und als Vuk Brote und Marmelade verlangte, sagte Vater: »Ein Waldmensch ernährt sich von den Früchten des Waldes. Er sucht sich seine Nahrung selbst. Ich kann mich nicht erinnern, daß du schon mal Marmelade eingekocht oder Brot gebacken hast.«

Vuk sagte keinen Ton. Mutter drängte sich an uns. Die Steppdecke leuchtete im Dunkeln, die Sachen fielen ihr aus der Hand. Sie hatte Angst um ihren Vuk.

»Du hast doch bestimmt Beeren in deiner Vorratskammer, Vuk«, rief Vater. »Die sind gesund und voller Vitamine. Es geht nichts über eine natürliche Kost.«

Mutter hätte ihrem Vuk am liebsten die ganze Speisekammer in sein Baumhaus gebracht. Aber Vater ließ sich nicht erweichen.

»Ich hoffe, Vuk, daß dein Haus da oben auch hält«, rief Vater in den Baum. »Wenn du heute nacht durch den Fußboden saust und Arme und Beine brichst, dann komm mir ja nicht unter die Augen.«

»Keine Angst«, rief Vuk und lachte.

»Schlaf dich gut aus«, sagte Vater. »Morgen früh hast du schweren Dienst im Keller. Das Mineralwasser kommt, und wir müssen im Keller Ordnung machen und die leeren Flaschen aussortieren. Gute Nacht! Ich hoffe, daß du dich da oben nicht fürchtest.«

»Ich bestimmt nicht«, brummte Vuk aus der Höhe des Baumes und grunzte wie ein Orang-Utan, um zu zeigen, daß er uns los sein wollte.
»Wenn es anfängt zu regnen«, rief Mutter, »dann komm rein. Wir schließen die Tür nicht ab.«
»Schließt ruhig ab«, rief Vuk und wickelte sich so stürmisch in seinen Schlafsack, daß die Wände des Baumhauses in der nächtlichen Stille krachten.
Wir gingen zur Hütte zurück.

In dieser Nacht konnte ich lange nicht einschlafen. Ich stellte mir vor, was Vuk alles passieren konnte. Eine Eule konnte sich auf das Baumhaus setzen und ihm ins Ohr schreien. Ein Rehbock konnte sein Gehörn am Baum abstoßen. Und in der Dunkelheit würde man nicht erkennen, ob es nicht vielleicht der alte, gefährliche Hirsch wäre. Oder ein Wildschwein könnte kommen oder gar ein Bär, der seine Tatzen in die Buche schlüge, um zum Häuschen hinaufzuklettern. Oder, du lieber Himmel, ein Luchs könnte ganz leise vom Nachbarbaum herüberspringen.
Ich kroch aus dem Bett, legte Gabka die Decke wieder über und öffnete ganz weit das Fenster. Weil bei uns die Nächte kühl sind, warf ich mir eine Decke um und lauschte in die Nacht hinaus. Es konnte ja sein, daß der schweigende Wolf aus Angst zu schreien begann. Oder daß ich ihm die Tür öffnen mußte, damit der durchnäßte Vuk ins warme Bett kam. Denn jetzt begann es heftig zu regnen.

Als ich erwachte, schien die Sonne. Das Haus war voller Geräusche. Touristen gingen die Treppe hinunter. Ich hörte, wie Vater sie hinausbegleitete. Jula hantierte mit dem Kaffeegeschirr im Speisezimmer, und Gabka fütterte im Hof die Hühner.
Vuks Bett war unberührt. Ich lief, noch im Pyjama, ans Fenster.

Vuk kam gerade mit einer Kiste leerer Flaschen aus dem Keller.
»Vuk«, rief ich voller Freude, »ist dir nichts passiert heute nacht?«
Er grinste zu mir heraus, nahm dann die Kiste unter den Arm und trug sie zum Eiskeller, wo bereits ein großer Stoß Kisten aufgeschichtet war.
Der hat Nerven. Mich wunderte, daß er nicht wie Espenlaub zitterte, nachdem er die ganze Nacht allein im Baum verbracht hatte. Nicht einmal für hundert Kronen würde ich allein eine Nacht in den Bergen verbringen. Na ja, für hundert Kronen vielleicht doch, aber für fünfzig Kronen bestimmt nicht.
Und Vuk tat so, als wäre das gar nichts. Wo er nicht eine einzige Krone dafür kriegte.

Einmal sagte Vuk nach dem Mittagessen zu mir: »Komm mit. Wir gehen auf den Sedlo.«
Die beiden Hunde standen schon bereit. Die spüren es sofort, wenn sich jemand auf den Weg machen will, und rühren sich dann nicht mehr von seiner Seite.
Mit Vuk auf den Sedlo zu gehen, ist gar nicht so einfach. Den ganzen Weg über darf nicht gesprochen werden. Denn in den Bergen muß man schweigen. Dann muß man im Gleichschritt gehen und darf auch mit Boj keinen Abkürzungsweg hochklettern und oben atemlos ankommen oder sich vielleicht irgendwo zum Ausruhen hinsetzen. Das tun nur die dummen Städter, und wem Vuks Art zu wandern nicht paßt, der kann mit denen gehen. Schließlich muß man mit Vuk auch eine ganze Stunde auf dem Sedlo aushalten. Denn er geht nicht zum Zeit-

vertreib dorthin, sondern um über die Wälder zu blicken, in denen er einmal Förster sein wird, und über die Bäche voller Fische, die dann ebenfalls zu seinem Revier gehören. Eine Viertelstunde schaut er in Richtung Stiavnice, wo er die Forstschule besucht und wo seine Mitschülerin Petra wohnt. Eine weitere Viertelstunde schaut er nach Ruschomberok, wo seine Freundin Jana lebt. Wie sie weiter heißt, weiß ich nicht, denn Vuk macht ein Geheimnis daraus.

Alles zusammengenommen bedeutet das, daß man eine Stunde oder mehr im scharfen Wind stillsitzen muß, denn auch im Sommer ist es hier oben sehr kalt. »Wer sich vor dem Wind fürchtet«, sagte Vuk einmal, »der soll sich in der Küche hinter den Ofen legen und mit der Katze zweistimmig miauen.«

Ich bin zwar noch nicht so ein Kerl wie Vuk, aber ich bin auch kein Waschweib, das schwatzend mit den Städtern durch die Gegend zieht oder hinterm Ofen mit den Katzen miaut. Ich kann es aushalten, drei Stunden zu schweigen oder sogar, wie Vuk, eine Stunde lang ohne Hemd auf dem Sedlo zu liegen. Wenn er dann endlich aufsteht, sage ich ganz erstaunt: »Schon?« Das habe ich zweimal so gemacht, und ich weiß, daß Vuk mich darum auch heute mitgenommen hat.

Wir gingen also auf den Sedlo. Der Aufstieg ist zum Teil sehr steil. Ich mußte mich genau in Vuks Fußspuren halten, um nicht vom Weg abzukommen.

Strasch hielt sich an Vuk, denn er mag Erwachsene lieber. Boj blieb bei mir, er hält sich mehr an die Kinder. Aber sie täuschten sich beide. Denn schließlich bin ich kein Kind mehr, und Vuk ist noch kein Erwachsener.

Als wir das Knieholz hinter uns hatten, nahm Vuk vier Äpfel aus der Tasche und gab jedem einen. Boj hatte seinen sofort vertilgt und klopfte dann mit der Pfote an den Brotsack, weil er noch einen haben wollte.

»Laß das«, sagte Vuk. »In den Bergen sind wir alle gleich. Was für uns reicht, ist auch für dich genug.«
Der Steilhang über dem Knieholz ist mit scharfem, glattem Gras bewachsen, und man muß sehr aufpassen, daß man nicht alle Augenblicke auf der Nase liegt. Wenn man nämlich fällt, rutscht man bis zum Knieholz zurück und muß sich wieder nach oben arbeiten. Bergab geht es dann nachher wunderbar. Am besten auf dem Hintern. Und so schnell wie bei den olympischen Bobmeisterschaften.

Wir waren nur noch wenige Meter von unserem Ziel entfernt, da entdeckten wir genau über dem Sedlo eine schmale, schwarze Wolke. Sie erschien über dem Kamm des Gebirges und wurde breiter und breiter. Die Hunde blieben plötzlich stehen und sahen uns an. Über dem Grat schien noch die Sonne, aber die dunkle Wolke war schon beängstigend groß geworden und reichte bald hinauf bis zur Sonne. Der Wind wurde stärker, und mit erschreckender Geschwindigkeit fiel undurchdringliche Finsternis über uns. Boj fing an zu winseln.
»Zurück!« schrie Vuk. »Schnell zurück!«
Blitzschnell kehrten wir um. Aber es war zu spät.
Denn im selben Augenblick wälzte sich die schwarze Wolke über den Bergrücken, verdeckte die Sonne und hatte uns eingeholt. Wir konnten keinen Schritt weit mehr sehen und wußten nicht, wohin wir laufen sollten.
Überall um uns, über unseren Köpfen und unter unseren Füßen, rauschte dunkelblauer Nebel, als wären wir in einem riesigen Hexenkessel. Der Regen kam von allen Seiten. Bevor wir es überhaupt merkten, waren wir bis auf die Haut durchnäßt.
Plötzlich hörte ich in diesem entsetzlichen Tohuwabohu das Heulen der Hunde. Und dann war Vuks Stimme ganz nah.
»Djuro, Djuro!« schrie er. Ich schrie ebenfalls, so laut ich konnte. Über unseren Köpfen zuckte ein gelber Blitz auf, und in diesem Augenblick stieß Vuk mich zu Boden.

»Das Messer!« schrie er. »Wirf das Messer weg!«
Ich griff in den nassen Brotbeutel, zog das Messer heraus und warf es weit fort. Rechts von mir zuckte ein feuriger Blitz durch das Dunkel und jagte wie eine schreckliche Schlange hinter dem Messer her. Ich grub den Kopf in das nasse Gras, damit der Donner mir nicht das Trommelfell zerriß. Vuk legte seinen Arm um meinen Hals, und so lagen wir auf der Erde, bis das Grollen des Donners sich entfernte. Ich fühlte etwas Warmes neben mir und wußte nun, daß auch die Hunde sich an uns drängten.

Die Wolke verzog sich und wälzte sich zu Tal in Richtung auf unsere Hütte. So plötzlich wie die Sonne verschwunden war, so unerwartet kam sie wieder. Wir waren richtig geblendet, und es dauerte einige Zeit, bis wir uns wieder zurechtfanden.
Wir standen auf. Vuk sah uns prüfend an, dann mußte er lachen. Aus dem Brotbeutel floß das Wasser. Das nasse Haar klebte uns wie eine Beatle-Frisur an der Stirn. Aus den Löchern von Vuks Tennisschuhen kam bei jeder Bewegung ein kleiner Wasserfall. Den Bernhardinern hing das nasse Fell bis zur Erde.
Dann suchten wir das Messer. Aber vergeblich. Ich wußte nicht einmal, in welche Richtung ich es geworfen hatte. Ich hatte völlig die Orientierung verloren.
»Was für ein Glück, daß du das Messer nicht an deinem Gürtel hattest«, sagte Vuk. »Von deinem Trainingsanzug hätte der Blitz nicht viel übriggelassen. Also komm, machen wir uns auf den Weg.«
»Warum?« fragte ich. »Wir haben nicht einmal Ruschomberok gesehen!«
Vuk war verärgert. Aber dann verzieh er mir sogleich. Jana hatte ich ja schließlich nicht erwähnt.
»Ein andermal«, sagte er und lachte. »Jetzt marschieren wir nach Hause, damit ihr euch nicht erkältet.«
Er spielte schon wieder den großen Mann. Damit wir uns nicht

erkälten! Aber er hatte recht. Boj saß wie ein nasses Huhn in der Sonne, klapperte mit den Zähnen und zitterte.
»Eins, zwei, drei, los!« Vuk glitt über das nasse Gras hinunter. Strasch hielt sich hinter ihm. Boj wartete auf mich, und dann ging es, mal auf den Füßen, mal auf dem Hintern rutschend, hinab. Wir hielten bei unserem Eiskeller, fielen alle übereinander und pusteten wie Lokomotiven.
Vorsichtig, damit man uns nicht bemerkte, stiegen wir über den Zaun beim Schweinekoben in die Huflattichwiese. Dort konnten wir uns eine Stunde lang trocknen lassen, und niemand würde uns stören.
Ich sah hinauf zum Sedlo. In strahlendem Sonnenschein lag er vor uns. Ich konnte gar nicht glauben, daß ich dort das schrecklichste Gewitter meines Lebens erlebt hatte.
»Das war 'ne tolle Sache, was, Vuk?« sagte ich. Ich hätte mich noch gern mit ihm über das Gewitter unterhalten.
»Ja, ja«, sagte er bloß. Sonst nichts. Was hatte er denn? Dachte er vielleicht an das Messer?

Am Sonntag gingen wir nach dem Mittagessen zu dem Hügel, der Sprnagel heißt, um uns die Kartoffeln anzusehen. Das läßt Vater sich nicht nehmen, auch wenn tausend Touristen in der Hütte wären. Und auch Vuk und ich ließen uns das nicht entgehen. Denn es ist immer der größte Spaß der ganzen Woche.
Mama wollte nicht mitkommen. Sie hatte Kuchen gebacken, damit reichlich Vorrat da war, denn für den Nachmittag war eine Ausflugsgesellschaft aus Brünn angemeldet. Mama mußte also zurückbleiben.
»Mamas Feld«, wie Vater das Kartoffelfeld getauft hatte, lag

unterhalb des Sprnagel. Für Mama ist es ein Stück Flachland. Im Sommer kann man es vielleicht so bezeichnen, aber im Winter trainiert Vuk dort für die Meisterschaften im Skilauf. Huflattich, Löwenmaul und alles mögliche andere Unkraut wucherte üppig auf Mutters Kartoffelfeld.
»Na, kommt doch mal her!« rief Vater plötzlich. »Wenn mich meine Augen nicht täuschen ...« Er zeigte auf die Mitte des Kartoffelfeldes. »Was siehst du da, Djuro?«
»Blüten«, sagte ich.
»Und du, Vuk?«
»Ich auch. Ich sehe drei«, sagte Vuk.
Wir hatten drei weiße Kartoffelblüten entdeckt. Allerdings auch nicht eine einzige mehr.
»Ein historischer Augenblick! Ein großartiger Zuchterfolg!« rief Vater. »Lauft und holt Mutter her!«
»Warum?« sagte ich. »Wir pflücken die Blüten ab und stellen sie zu Hause in eine Vase.« Wir lachten.
»Ich glaube, darüber würde Mama sich nicht freuen«, brummte Vuk. »Und über Kartoffeln lacht man nicht.«
Unsere Mama ist auf dem Lande aufgewachsen und muß immer etwas umgraben und anpflanzen. Vater hat vergeblich versucht, ihr klarzumachen, daß in 1200 Meter Höhe die Natur andere Gesetze hat und nur das wachsen läßt, was sie selber pflanzt. Aber davon will sie nichts hören. In jedem Frühjahr rottet sie das Unkraut mit den Wurzeln aus und setzt Kartoffeln.
»Du wirst sehen, die gewöhnen sich dran«, sagte sie. »Auch beim Menschen dauert es eine bestimmte Zeit, bis er sich eingewöhnt hat.«
Wenn es allerdings bei Kartoffeln genauso ist wie bei unserer Mutter, dann werden sie sich nie eingewöhnen. Mutter möchte gern raus aus den Bergen. Wenn der Herbst mit Nebel und Regen kommt, wird sie traurig. Dann möchte sie unter Menschen sein. Doch sie weiß ganz genau, daß dieser Wunsch

nie in Erfüllung geht. Aber sie freut sich den ganzen Sommer auf Allerheiligen. Dann fährt sie in ihren Heimatort Benuschov.

Im vorigen Jahr hat Mutter zwei Säcke Kartoffeln gesetzt, aber geerntet hat sie nur zwei Eimer voll. Und die waren so, daß man sie mit der Schale kochen mußte.

»Wo kommen die denn her?« sagte Vater. »Das muß ein Mißverständnis sein. Ich habe doch gar keine Blüten gesehen. Sind das nicht doch vielleicht Kartoffeln aus dem Keller?« Darum war er jetzt auch so erstaunt, als er die weißen Blüten sah.

Wenn bloß das viele Unkraut die Blüten nicht wieder ersticken würde. Vuk und ich fingen an, die größten Unkrautpflanzen auszureißen, damit sie sich nicht zur Mitte des Feldes ausbreiten konnten.

»Im nächsten Jahr stelle ich hier einen Zaun auf«, sagte Vuk zornig. »Aus Haselnußruten flechte ich einen so dichten Zaun, daß nicht einmal ein schäbiger Grashalm durchkommt.«

»Ich helfe dir«, sagte ich. Aber es war mir nicht klar, woher wir die Haselnußruten nehmen sollten. Im Umkreis von fünf Kilometern findet man hier keinen Haselnußstrauch. Aber Vuk würde es schon wissen.

Während wir das Unkraut zogen, entdeckten wir am Rand des Feldes noch zwei Kartoffelblüten. Sie waren ganz verdeckt von modrigem, altem Huflattich.

»Von den Rydziks werde ich Stalldünger herbringen«, sagte Vuk, als er den hellen, lehmigen Boden sah.

Mir war unklar, wie er das machen wollte. Denn Pferd und Wagen haben wir nicht, und ob Vater erlauben würde, den Dünger mit dem Auto herzubringen, erschien mir zweifelhaft. Aber auch das wird Vuk schon wissen.

Vater war zum Berghang gegangen, um nach den Himbeeren zu sehen. Während wir weiter das Unkraut jäteten, erschien Mutter mit Gabka. Ich zeigte ihr stolz die drei Blüten. Die beiden anderen am Rand des Feldes überließ ich Vuk. Mutter

freute sich schrecklich und meinte, daß in dieser Woche bestimmt noch alle Kartoffelpflanzen blühen würden.
»Kommt mal alle her!« rief Vater vom Berghang aus.
Wir gingen zu ihm, aber dann befahl er uns stehenzubleiben und hielt eine Rede.
»Ich habe doch immer gesagt, daß Kartoffeln so hoch in den Bergen nicht gedeihen können«, erklärte er feierlich. »Das Unkraut, das an unser Klima hier gewöhnt ist, erstickt die Pflanzen. Habe ich das nicht immer gesagt? Aber ich sage kein Wort mehr, denn unsere Mutter hat die Natur besiegt.«
Er bog einen großen Himbeerstrauch zur Seite und zeigte uns eine Kartoffelstaude, breit und voller weißer Blüten. Einige Meter vom Kartoffelfeld entfernt.
»Ich habe die Kartoffeln aus Benuschov unterschätzt«, sagte Vater. »Der Berg ist über sie hergefallen. Aber sie haben gegen ihn gekämpft. Und hier sind die Ergebnisse.«
Tatsächlich fanden wir noch viele blühende Kartoffelpflanzen.
»In hundert Jahren«, erklärte Vater, »werden sich die Naturforscher den Kopf darüber zerbrechen, wie es möglich war, daß in dieser Höhe Kartoffeln wuchsen. In hundert Jahren wird es bestimmt überall in der Niederen Tatra Kartoffeln geben. Aber niemand wird sich daran erinnern, daß hundert Jahre vorher die Hüttenwirtin Terezka Trangosch am Sprnagel Kartoffeln angepflanzt hat, die sie von den Feldern von Benuschov heraufholte.«
Wir lachten, aber wir waren auch ein bißchen nachdenklich.
»Du lieber Himmel«, sagte Mama plötzlich, »der Kuchen ist in der Röhre.«
Sie wollte zurücklaufen. Aber Vater ergriff ihre Hand. »Laß ihn ruhig verbrennen«, sagte er. »Dann lüften wir die Küche, und heute nachmittag gibt es Butterbrote.«
So etwas hatten wir von Vater noch nie gehört. Wenn es um Arbeit und Ordnung geht, ist er immer sehr streng.

Langsam gingen wir alle zusammen nach Hause. Schon auf der Wiese kam uns der Gestank des verbrannten Kuchens entgegen.
»Wichtig ist, daß erst einmal überall in der Niederen Tatra Kartoffeln wachsen«, sagte Vater und lachte.

Ich konnte mir gar nicht erklären, was mit unserer Katze Schofa los war. Sie ging überhaupt nicht mehr auf die Jagd, sondern fraß nur, was sie zu Hause bekam. Dabei ist sie ein hervorragender Jäger. Man muß sie nur einmal beobachtet haben, wie sie auf der Wiese stundenlang mit giftigen Kreuzottern kämpft, dann begreift man, daß nur ein wichtiger Grund sie vom Jagen abhalten kann.
Manchmal macht sie sich zwar in Richtung auf die Berge auf, aber zwei Meter vorm Eiskeller hält sie dann plötzlich an, bleibt mit erhobener Pfote stehen, miaut und geht wieder zurück. Auch in andere Richtungen ist sie schon gegangen, zum Schweinekoben oder zum Sportplatz. Aber jedesmal blieb sie dann stehen und kehrte wieder um. Ich habe schon nachgeguckt, ob vielleicht jemand einen magischen Kreidekreis rings um das Haus gezogen hat, den Schofa nicht überschreiten kann. Aber ich habe nichts gefunden.
»Vielleicht ist sie krank«, sagte ich zu Jula, als Schofa wieder einmal unter dem Herd miaute.
»Faulenze hier nicht herum«, sagte Jula, ohne darauf einzugehen. »Hier hast du ein Geschirrtuch. Trockne die Gabeln ab. Die Herren Touristen wollen die Würstchen nicht mit den Händen essen. Dann heißt es gleich: ›Rufen Sie den Chef!‹«
»Dann ruf doch den Chef«, sagte ich. »Dann hast du wenigstens Ruhe.«
In diesem Augenblick veränderte sich Jula völlig. Sie legte das Geschirrtuch weg, das verärgerte Gesicht hellte sich mit einem Schlag auf, und wie eine Prinzessin schritt sie zur Küchentür. In der Küche stand der Flieger aus Bratislava.

Er habe sein Flugzeug am Himmel geparkt, und mit dem Fallschirm sei er genau vor Jula gelandet, weil er ihr sagen müsse, wie schön sie sei. So süß redete der Flieger daher und grinste Jula an. Aber dann bemerkte er mich, blinzelte mir zu, tätschelte mir die Backe und zog mich an sich, so daß ich den Geruch seiner Lederjacke atmete. Ich ließ die beiden allein. Aber draußen vor der Hütte wartete ich auf den Flieger.
Der Flieger hatte vor fünf Wochen drei von Schofas jungen Kätzchen mitgenommen. Und jetzt war mir etwas aufgefallen.

Die Gäste aßen schon längst die Würstchen aus der Hand. Sie kamen auf die Terrasse hinaus und schimpften auf die Bedienung. Der Flieger kam aus dem Seitenausgang der Küche und ging in meine Richtung.
Wer mochte ihn denn bloß so zerkratzt haben? Natürlich unsere Jula. Die kann das. Einmal hat sie dem Chefingenieur aus Brezna eine runtergehauen. Aber ihrem Flieger, dem tat sie doch nichts. Auf den würde sie nichts kommen lassen. Und den würde sie doch nie im Leben kratzen. Noch beim Abwaschen hatte sie mir erzählt, daß sie ihn am liebsten in Daunenkissen packen und auf Händen tragen würde. Obgleich er so klein ja nun auch nicht mehr war. Und darum kam mir der Gedanke, daß es vielleicht mit Schofa und ihren Kindern zusammenhängen könnte.
Als der Flieger an mir vorbeiging, fragte ich ihn ganz direkt: »Wie geht es denn unseren Kätzchen in Bratislava?«
»Ach, die Kätzchen«, sagte der Flieger, »weißt du, Junge, die haben eine ganz große Karriere gemacht.«
Ich war plötzlich überzeugt, daß er sie in die Donau geworfen

hatte. Aus war es mit ihnen. Aus so einem Fluß kommt keine Katze wieder heraus.
»Was haben Sie mit ihnen gemacht?« schrie ich ihn an.
»Na, guck mich an!« sagte der Flieger, zeigte auf sein zerkratztes Gesicht und grinste mit seinen weißen Zähnen.
»Was ist das schon?« brüllte ich. »Schofa hat mich mindestens hundertmal zerkratzt, und der Hahn hat mir fast die Augen ausgehackt, so daß ich beinah blind geworden wäre, und als Strasch klein war, hat er mich umgeworfen. Wenn Sie Tiere nicht leiden mögen, dann hätten Sie die Kätzchen zurückbringen sollen.«
»Was geht dich denn das an?« sagte der Flieger empört. »Wenn du gesehen hättest, was die alles angestellt haben. Wenn ich nach Hause kam, mußte ich sie immer stundenlang suchen, und meistens fand ich sie überhaupt nicht. Ich habe ihnen ihr Fressen mitten ins Zimmer gestellt, denn ich mußte ja weg. Und wenn ich dann wiederkam, war die Schüssel leer, aber von den Kätzchen keine Spur, nur ein zerrissener Vorhang. Einmal saßen sie drei Tage im Schrank. Als ich mir am Sonntag meinen Mantel anziehen wollte, sprang eine von den Katzen aus dem Ärmel. Schau mal, was die für Krallen haben.« Er zeigte mir seine Hand.
Ich konnte es dem Flieger zwar nachfühlen, aber es tat mir doch leid, daß wir diesem städtischen Feigling unsere Kätzchen gegeben hatten. Und das wollte ein Flieger sein.
»Und weißt du, woher das kommt?« sagte er und zeigte auf sein Gesicht. »Ich habe mir erlaubt, meinen Hut vom Haken zu nehmen und aufzusetzen. Aber eine der Katzen geruhte, darin zu schlafen.«
Ich sah mir das Gesicht des Piloten genau an. Es war saubere Arbeit. Eine richtige Indianertätowierung. Ach, Schofa, wirst du nie begreifen, daß man deine Kinder nicht gerade lieben kann?
»Und dann hat mir ein Kamerad geholfen, die Kätzchen zu

fangen«, sagte der Flieger. »Wir waren beide völlig zerkratzt. Dann haben wir sie in einem Sack ...«
In einem Sack! Diese Feiglinge!
»... in einem Sack in den Zoologischen Garten gebracht. Die Leute bewundern sie da als echte Wildkatzen. Und das will ich dir sagen, es *sind* echte Wildkatzen. Und die machen sich da im Zoologischen Garten gut.« Der Flieger packte mich am Ärmel. »Nun sag mal die Wahrheit. Wo hast du diese Katzen her?«
Ich war froh, daß unsere Kätzchen noch lebten, wenn auch hinter Gittern. Und ich sah ein, daß es schwer war, mit drei Wildkatzen in einem Zimmer zu leben.
»Wo ich sie herhabe?« sagte ich. Schofa kam langsam aus der Küche und legte sich mit geschlossenen Augen auf die Treppe. »Die da ist die Mutter.« Ich zeigte auf Schofa.
Der Flieger blickte Schofa ungläubig an. Wie weißer Schnee glänzte sie in der Sonne. Nur auf dem Rücken hatte sie einen kleinen schwarzen Fleck.
Der Flieger war gar nicht so dumm, wie ich gedacht hatte. Er lachte und sagte: »Na klar. Das ist also die Frau Mutter. Und der Herr Vater lauerte irgendwann und irgendwo in den Bergen auf einem Baum. Seine Augen leuchteten wie schmale, scharfe Scheinwerfer. Ganz still saß er da und spreizte die scharfen Krallen. Und dann kommt mit zierlichen Schritten unsere Schöne daher. Der Herr Vater knurrt mit rauher Raubtierstimme, springt elegant vom Baum, schwänzelt vor der schönen Dame herum, bezaubert sie, lockt sie ... nun ja, bis die liebe Schofa dann in seiner warmen Höhle ...«
»Das muß im Frühjahr passiert sein«, sagte ich. »Manchmal haben wir sie wochenlang nicht gesehen. Als sie dann wiederkam, brachte sie vier Tage später die Kätzchen aus dem Schuppen.«
Ach, Schofa, wenn du doch reden könntest. Ich würde dich auf ein Kissen legen und auf die Knie nehmen, und du wür-

dest erzählen. Und ich würde jeden Abend an dem Buch »Schofa unter den Wildkatzen« schreiben.
Himmel noch mal, was könnten wir dann für Geld verdienen.
Darum also miaute Schofa jeden Tag unter dem Herd. Sie konnte sich nicht entscheiden zwischen der Küche und den Bergen, zwischen Faulheit und dem schönen, freien Leben.
Na ja, warten wir ab, was daraus wird.

Ein rosaroter Wagen war angekommen, ein »Spartak«. Das bedeutete: Es war der erste August. Solange die Welt besteht und ich mich erinnern kann, also mindestens seit neun Jahren, trifft dieser Spartak am ersten August bei uns ein. Früher war er braun wie Schokolade, und jetzt ist er rosarot wie die Kleider von Gabka. So ein Auto habe ich nie wieder gesehen. Auch nicht so einen Jungen wie diesen Vladko, der mit dem Auto gekommen ist. Vladko liebt die Natur.
Wenn er aus dem Auto springt, breitet er die Arme aus, atmet tief und sagt: »Ich grüße euch, ihr Wälder und Berge, mit ganzer Seele grüße ich euch!«
Ganz so sagt er es nicht, aber so ähnlich. Jedenfalls schön. Ich kann nicht so schön daherreden. Das ärgert mich.
Schon als er klein war, hatte seine Mutter ihm beigebracht, die Natur zu lieben. Wenn sie spazierengingen, hieß es: »Na, was sagst du zu der Tanne, Vladko?«
»Guten Morgen, kleine Tanne«, sagte Vladko.
Oder: »Guten Morgen, ihr lieben Vögelchen.« Und dann zog er sein Taschentuch und winkte dem Habicht zu. Dem Djumbier sagte er gute Nacht, und der Sonne schickte er einen Kuß.

Ich erzählte das Jula.
»Du bist nur neidisch, weil er so gut erzogen ist«, sagte sie und lachte. »Und weil er klüger ist als du.«
Vielleicht hatte sie recht. Aber schließlich kam Vladko aus Bratislava. Und wenn ich erst einmal in Bratislava gewesen bin, dann bin ich bestimmt noch klüger als er. Und beneidet habe ich ihn eigentlich auch nicht. Ich hielt ihn eher für dumm.
Einmal redete er mit dem Eichhörnchen, das hoch oben in der Krone des Baumes saß. Da sagte ich: »Wenn du das Eichhörnchen beobachten willst, dann darfst du es nicht rufen. Versteck dich lieber und rühr dich nicht. Wenn du den Atem anhältst, kommt es vielleicht ganz nahe heran.«
Vladkos Mutter sah mich so böse an, daß ich lieber wegging. Als sie mich nicht mehr sehen konnte, warf ich einen Tannenzapfen hoch in den Baum. Das Eichhörnchen glitt bis zum Ende des Astes, sprang in den nächsten Baum, und weg war es.
Ich hörte noch, wie seine Mutter sagte: »Verabschiede dich von dem schönen Eichhörnchen«, und Vladko rief: »Auf Wiedersehen, auf Wiedersehen!«
Schwachkopf! Aber eigentlich tat er mir leid.
Und dann passierte die Geschichte am Bach.
Ich hatte mir gerade am Bach ein Wasserrad gebaut, da stand Vladko plötzlich neben mir und rief aus voller Kehle: »Guten Tag, lieber Bach!«
Es hat mir richtig leid getan, wie dieser Junge nach allen Seiten grüßte, ohne daß ihm jemand antwortete. Deshalb habe ich für den Bach geantwortet. Ich rief ganz laut: »Guten Tag, Vladko!«
»Das galt doch nicht dir«, rief er empört. »Na warte, du kannst was erleben!« Er packte einen Felsbrocken und warf ihn direkt auf meine gerade fertige Wassermühle.
Mit drei Sprüngen war ich bei ihm. Aber da sah ich seine Mutter, die auf dem Felsen saß und aus Blumen einen Kranz flocht.

Ich ließ Vladko los und lief weg. Ich hörte noch, wie er sich über mich beschwerte.
Bis spät in den Abend war ich draußen. Ich jagte die Hühner und ärgerte das Schwein, und dann begann ich, am Marmanec, dem Felsen vor der Hütte, eine Bank zu zimmern. Aber ohne Abendessen schlafen zu gehen, dazu langte mein Mut nicht.
»Na, dir werd ich's zeigen!« schnaubte der Vater, als ich in die Küche kam. »Mit Felsbrocken verjagst du meine besten Gäste!«
»Wieso?« sagte ich empört. »Mit Felsbrocken? Ich?«
»Komm mit!« befahl Vater.
Ich mußte mit ihm auf Zimmer elf gehen, um mich zu entschuldigen. Aber als wir ankamen, wurde ich trotzig. Das konnte ich mir erlauben, denn vor Gästen gibt Vater keine Ohrfeigen. Ich sagte also kein Sterbenswörtchen.
Vladkos Mutter versuchte mich zu überreden: »Na, was sagst du zu Vladko?«
Nichts sagte ich, denn ich war beleidigt. Und dann kann ich nichts sagen, auch wenn ich will. Aber ich wollte gar nicht. Vladkos Mutter ging zu den Koffern zurück und packte weiter ein. Vladko saß siegessicher auf seinem Bett, und sein Vater stand am Bett.
Das war nun wirklich eine ziemlich verflixte Geschichte.
Vater wußte nicht, was er mit mir anfangen sollte, aber im letzten Augenblick kam ihm eine gute Idee. Er wußte, daß ich mich bewegen konnte, auch wenn ich trotzte und nicht reden wollte. Er stieß mich an und sagte: »Gib Vladko die Hand! Wenn sich Jungens die Hand geben, haben sie sich wieder vertragen. Also auf gute Freundschaft!«
Ich machte drei steife Schritte und gab Vladko die Hand. Der Dummkopf überlegte es sich noch. Aber er wurde ebenfalls von seinem Vater angestoßen. Der wollte natürlich, daß das mit dem Einpacken aufhörte. Von diesem Augenblick an wa-

ren Vladko und ich also Freunde. Es war schon wirklich komisch.
Draußen auf dem Gang haute Vater mir eine runter. Aber das nahm ich ihm gar nicht übel.

So begannen die Jahre unserer Freundschaft. Am liebsten hatte ich Vladko in den elf Monaten des Jahres, wo ich ihn nicht sehen mußte.

Die ersten drei Tage nach seiner Ankunft ging mir Vladko furchtbar auf die Nerven. Genau wie im vorigen und im vorvorigen Jahr. Immerzu liebte er die Natur.
Und dann liebte er auch einen Hund, von dem ich eigentlich gar nichts erzählen wollte. Diesen Hund hatte ich eines Morgens halb verhungert vor der Hütte gefunden. Wir gaben ihm zu fressen, und dann wollte er nicht mehr weg. Strasch und Boj waren die ersten, die merkten, daß der Köter dumm war wie eine Henne. Deshalb erlaubten sie ihm auch alles. Er durfte sogar mit ihnen aus ihrer Schüssel fressen. Nachts schlief er an Strasch angekuschelt. Er war still und bescheiden und weder groß noch schön, noch klug.
Als dieser Hund am ersten August Vladko erblickte, sprang er um ihn herum. Und während Vladko noch die Berge und Wälder begrüßte, legte der Hund sich ihm zu Füßen. Die Schnauze legte er auf Vladkos Schuh, was bei einem Hund bedeutet, daß er diesem Menschen als Sklave ergeben ist.
Als Vladko aus seinem Begrüßungstaumel erwachte und den Hund zu seinen Füßen sah, wurde er blaß. Er wagte nicht, sich zu rühren. Ich pfiff dem Hund, damit nichts passierte. Denn die Gäste hätten ja wieder mit ihrem rosaroten Spartak abfahren können. Aber der Hund gehorchte nicht.
Vladko nahm seinen ganzen Mut zusammen und redete mit dem Hund. Ich sah, wie der Hund vor Glück fast zerfloß. Er gab ungeschickt die Pfote, wedelte mit dem Schwanz und ver-

suchte, Vladko die Hand zu lecken. So was hatte ich in meinem ganzen Leben noch nicht gesehen. Auch die anderen aus der Hütte sahen diesem Zärtlichkeitsausbruch schweigend zu.
Von diesem Tage an wich der Hund nicht einmal nachts von Vladkos Seite. Er schlief vor seiner Tür, denn ins Zimmer ließen sie ihn nicht herein. Das war verständlich, denn er hatte Flöhe.
Am Tage spielten sie zusammen. Vladko brachte ihm alles mögliche bei. Ich konnte mir überhaupt nicht vorstellen, was mit dem Hund passieren würde, wenn Vladko wieder abfuhr. Vielleicht würde der Köter dem rosaroten Auto bis Bratislava nachtrotten und irgendwo auf der Autostraße umkommen.
Aber es kam alles ganz anders.

Wir spielten auf der Wiese. Natürlich waren auch alle Hunde dabei. Die Hunde sollten Räuber sein, und wir wollten sie fangen. Aber das klappte nicht. Hunde sind nun mal keine Verbrechernaturen. Sie können sich nicht verstellen. Sobald wir sie zu jagen begannen, blieben sie stehen und warteten auf uns.
Darum erklärten wir den Hunden, daß wir die Räuber wären und sie die Gendarmen. Die Bernhardiner verstanden es, aber der kleine Köter lief Vladko ständig nach. Ich packte ihn bei den Pfoten und erklärte ihm noch einmal in strengem Ton, daß wir Räuber wären und daß sie uns deshalb fangen müßten, denn sie wollten ja wohl nicht von uns erschossen werden.
»Also, ihr verfolgt uns, verstanden?« schrie ich dem Hund ins Gesicht. »Auch wenn du Vladko anhimmelst. Das kannst du dir für später aufheben.«
Danach liefen wir mit schrecklichem Gebrüll weg.
Ich lief in das hohe Gras der Wiese, bis die Bernhardiner mich nicht mehr sehen konnten. Sie sprangen auf mich, warfen mich um, drückten mich auf die Erde, und ich war gefangen.

Als sie endlich aufhörten, mir in die Ohren zu blasen, hörte ich, wie Vladko weinerlich schimpfte. Er zeigte mir seinen Fuß. Ich sah Spuren von Zähnen. Aber es blutete nicht einmal.
»Dieses Mistvieh!« schrie er böse und zeigte auf den Köter.
Der stand neben ihm wie ein Klotz und machte ein Gesicht, als ob er sagen wollte: »Nein, wie ich ihn anbete, wie ich ihn liebe.«
»Reg dich nicht auf«, sagte ich zu Vladko. »Er hat dir ja nichts getan. Richtige Gendarmen hätten dich anders zugerichtet.«
Mit dem Spiel war es zu Ende. Vladkos Hund war zu Tode betrübt. Wie ein Nilpferd, das die Liebe seines Herrn verloren hat. Aber Vladko schimpfte jedenfalls nicht mehr mit ihm. Und er schlug ihn auch nicht. Im Grunde ist Vladko gar nicht so übel, dachte ich. Ein bißchen geschimpft hat er, aber sein Groll ist schon vergangen.
Das war jedoch ein Irrtum.

Nach dem Mittagessen ging Vladko hinaus, als ob er spazierengehen wollte. Der Hund ging zwei Meter hinter ihm. Er wedelte mit dem Schwanz, hob die Pfoten und vollführte alle möglichen Kunststücke. Beim Eiskeller drehte Vladko sich um.
»Na, was ist, du Taugenichts?« sagte er süß. »Warum kommst du nicht näher? Rate mal, was ich dir mitgebracht habe.«
Überglücklich lief der Hund zu ihm. Im gleichen Augenblick heulte er jammervoll auf, lief davon, stieß mit dem Kopf gegen den Eiskeller, fiel hin und wimmerte schrecklich. Er steckte den Kopf ins Gras, fuhr sich mit den Pfoten über die Augen und jammerte wie ein Mensch.
Ich war sofort bei ihm. Ich sah, daß sein Kopf rot war. Aber nicht von Blut, sondern von – Paprika. Von unserem Paprika aus den Gewürzstreuern im Speisezimmer.
So hinterlistig rächte sich Vladko an dem Hund. So heimtükkisch, wie es hundert Schlangen zusammen nicht gekonnt hätten.

Ich zog den Hund zum Bassin und legte ihn hin. Ich hatte Angst, daß er blind werden würde. Aber allmählich schwemmten die Tränen den Paprika aus seinen Augen. Langsam schlich der Hund zu mir.
Am Abend traf der Hund wieder auf Vladko. Er blieb stehen und blickte den Jungen aus fünf Meter Entfernung an. Vladko lockte ihn und zeigte ihm seine leeren Hände.
Weil der Bursche selbst keinen Charakter hatte, dachte er, andere hätten auch keinen. Vom Marmanec sah ich den beiden zu.
»Wenn der Köter ihm noch einmal die Hand leckt«, sagte ich zu Gabka, »dann verhau ich ihn, daß er es bis zu seiner letzten Stunde nicht vergißt.«
»Verhau ihn nicht«, bat Gabka.
Aber der Hund zeigte Charakter. Er rührte sich nicht, sondern sah nur traurig zu Vladko. Ich dachte, daß es ihn doch grausen müsse vor so viel Verrat und Falschheit.
Vladko zuckte die Achseln und ging weg.
In dieser Nacht schlief der Hund nicht neben Strasch, und am Morgen kam er auch nicht an den Freßnapf. Auch am Abend kam er nicht, und da wurde mir klar, daß wir ihn nie wiedersehen würden.
Als die Wespen am Abend schliefen, nahm ich mit einem Tuch ein ganzes Nest auf und warf es durch das Fenster in Vladkos Zimmer. Guten Abend, liebe Wespen! Und gute Nacht!
Am Morgen waren alle zerstochen.
Aber dieses Mal sagte Vladko keinen Ton.

Es regnete. Ich ging auf unser Zimmer und wollte die Decken ausschütteln. Nur damit ich nicht vor Faulheit umkäme und am Galgen endete. Denn Faulheit ist aller Laster Anfang. Das ist so eine Redensart von Mamka, die sie mir oft sagt. Denn sie möchte ihren Sohn gern vorm Galgen bewahren.
Auf dem Gang hörte ich Schritte.
»Djuro«, rief die Mutter, »was machst du?«
»Ich staube die Decken aus«, rief ich und nahm die zusammengelegte Decke von Vuks Bett. Dabei fiel etwas auf den Boden. Aber ich war schon am Fenster und schüttelte die Decke aus. Dann faltete ich sie zusammen und legte sie wieder auf das Bett.
Da sah ich das schwarze Heft, das auf den Boden gefallen war. Ich hob es auf. Auf dem Umschlag stand nichts. Aber drinnen war es mit einer vertrauten Handschrift beschrieben.
Ich nahm an, es sei ein Aufsatzheft. Ich las zwei Zeilen:

Die Meere aller Welten möcht ich durcheilen,
möcht lieben alle schönen Damen ...

Und ich hatte schon gedacht, das hätte mein Bruder Vuk geschrieben. Aber das kann er nicht geschrieben haben, denn Vuk liebt keine Damen. Und die schönen schon gar nicht.
Dann las ich etwas anderes. Das ging so:

Die Wolkenkratzer New Yorks möchte ich sehen,
auf den Schneefeldern dem Geheul der Wölfe lauschen,
Ananas möchte ich essen am Äquator,
im Osten möchte ich bewundern die Schönheit der Sterne,
möchte steigen über die Felsen der Kordilleren,

die Sahara durchqueren auf dem Rücken des Kamels,
Tiger jagen im Dschungel Asiens
und deshalb sparen, sparen, sparen,
denn alles, was ich besitze,
sind zweiunddreißig Kronen,
und das ist zuwenig.

Das mußte also doch von Vuk geschrieben sein. Denn ich wußte, daß er am Ende der Schulzeit zweiunddreißig Kronen gehabt hatte. Dann sah ich, daß hinter der letzten Zeile ein Sternchen war, und das bedeutete, daß es dazu noch irgendwo eine Erklärung gab.

Die Erklärung stand am Ende der Seite: *) Das Ende des Gedichts werde ich schreiben, wenn ich weiß, wieviel ich mir in diesem Sommer zusammensparen kann.

Vuk arbeitete in den Ferien nämlich beim Straßenbau.

Und dann entdeckte ich noch eine weitere Erklärung. Daß nämlich das, was in diesem Heft stand, Gedichte waren. Also keine Schulaufsätze, wie ich zuerst gedacht hatte. Es sollte ein Tagebuch sein, etwas, in dem Geheimnisse stehen.

Aber Gedichte sind doch keine Geheimnisse. Gedichte kann man in Zeitungen lesen, in Büchern, überall. Sie werden doch geschrieben, damit die Leute sie lesen. Und dann las ich weiter:

Dröhnende Welt,
Ursprung der Technik,
verbunden durch Bande des Geistes,
tosend durchbrochen von Millionen
giftiger Motoren, Giftpilze gären im Erdball.

Verlier den Verstand nicht, Erde,
stör nicht die Menschen, die friedlich am Morgen erwachen,

denn wendest du dich von der Sonne ab,
dann stürzt du in Dunkel die blühenden Kinder
des Waldes,
die Fische im tiefen Wasser, sie weinen,
denn alle Geschöpfe wollen leben.

Es lief mir kalt über den Rücken; ich fing richtig an, mich zu fürchten. Da schrieb er von Fischen, die weinen. Flugzeuge, Autos, Raketen und Atomversuche gibt es ja, das stimmte schon. Und vielleicht hatte Vuk etwas aus der Wirklichkeit gegriffen und sich etwas dazu ausgedacht. In Gedichten gibt es ja immer etwas Ausgedachtes. Ich bezweifle zum Beispiel, daß Fische weinen können. Aber das Gedicht war noch gar nicht zu Ende. Ich wandte mich wieder den weinenden Fischen zu. Es ging so weiter:

Aber ich schreie: Hört auf!
Genug!
Gabka schläft, und ihr Leben ist still.
Der Sonne befehle ich:
Geh auf in der Früh vier Uhr fünfundvierzig
und kitzle Djuro mit deinen Strahlen
und alle die anderen kleinen Jungen,
damit sie nicht verschlafen, die Faulpelze,
damit die Vögel zur Zeit erwachen
und die Welt erfreuen.

Jetzt fürchtete ich mich nicht mehr, aber ich war sehr traurig. Zuerst wußte ich nicht, warum. Aber dann wurde mir klar, daß es wegen Gabka und mir war und wegen Vuk. Weil Gabka noch so klein ist und alle möglichen schrecklichen Dinge passieren können. Und weil Vuk so groß ist und so stark, daß er der Sonne befehlen kann. Das macht er für uns. Damit Gabka nichts passiert und mir und allen Kindern und allen Blumen und Tieren.

Mir war ein bißchen zum Heulen zumute. Denn ich hätte nie geglaubt, daß Vuk uns so lieb hätte. Aber in diesen Gedichten hatte er uns sehr lieb, am liebsten auf der Welt. Ich fühlte mich klein, und ich bewunderte Vuk, weil er sich vor gar nichts fürchtete. Einmal im Winter, als wir aus der Schule kamen, hatte uns ein Rudel wilder Hunde angefallen. Damals weinte ich aus Angst, die Tränen liefen mir über die Backen. Aber Vuk stellte sich vor mich, brüllte die Hunde an und bewarf sie mit seinen Überschuhen und dann auch noch mit seiner Schultasche. Da merkten die Hunde, daß wir uns nicht fürchteten, und wichen zur Seite. Bis heute glaube ich, daß das überhaupt keine Hunde waren, sondern Wölfe. Jedenfalls liefen sie so und heulten in der Dunkelheit.
Als ich Vuks Gedichte las, fürchtete ich mich genauso wie damals im Winter. Aber zugleich fühlte ich mich auch mutig. Ich wußte, daß ich mich jedem entgegenstellen könnte, der Gabka zu nahe käme. Ich verstand auch das, was Vuk von den Vögeln schrieb. Vögel fürchten sich nicht. Sie singen, auch wenn dichter Nebel über der Erde liegt und man keine Hand vor Augen sieht. Auch die Vögel sehen nichts und könnten sich ängstigen. Aber sie haben keine Angst und singen lauter als sonst, um damit allen anderen Lebewesen Mut zu machen.

Ich stand mitten im Zimmer und begriff nicht recht, wie man zur selben Zeit traurig und glücklich, verängstigt und mutig sein konnte. Ich war so durcheinander, daß ich laut meinen Namen sagen mußte, um festzustellen, daß dieser traurige, glückliche, verängstigte und mutige Junge wirklich ich war. Und dann sagte ich laut den Namen meines Bruders: Trangosch – Vuk – Dichter.
Und jetzt war ich sogar stolz.
Aber gleichzeitig wurde ich auch wieder bescheiden, denn ich kann nicht einmal einen Aufsatz schreiben und schon gar keine Gedichte.

Ich nahm die zweite und dritte Decke von Vuks Bett, hielt sie aus dem Fenster und schüttelte sie. Damit Mutter mich nicht an den Galgen zu erinnern brauchte.
Das stille Rauschen des Regens bedrückte mich. Ich wollte mich aufs Bett legen und faul sein.
Da kam Gabka ins Zimmer. Sie interessierte sich sogleich für das schwarze Heft.
»Verschwinde, Gabka«, sagte ich. »Du kannst ja doch nicht lesen.«
»Ich kann nicht lesen?« kreischte sie. »Das da ist ein Z und das ein A.« Sie zeigte auf eins der Gedichte.
Ich sprang auf und las das Gedicht:

Es heult die Trauer durch die Kronen,
schwarzes Gewürm, es kriecht und kriecht.
Grauen, Entsetzen überfallen uns,
das Schwert fällt aus den Händen des Geschwächten.
Die Glocken, sie läuten dem Sterbenden,
nicht dir.

Ich riß Gabka das Heft aus den Händen. Das fehlte noch, daß sie das lesen konnte. Diese schwachsinnige Jula hatte ihr offenbar das ganze Abc beigebracht.
»Großartig«, sagte ich scheinheilig, »ich habe ja gar nicht gewußt, daß du lesen kannst. Aber hör, Krampulka ruft nach dir.«
Glücklicherweise hörte man tatsächlich Krampulkas Gegakker. Gabka vergaß das Abc und lief hinaus. Krampulka war ihre Lieblingshenne.

Ich dachte über das Gedicht nach. Es gab also anscheinend doch etwas, wovor Vuk sich fürchtete, obwohl er oft in den Bergen allein die Nacht verbrachte. Und ich hatte schon geglaubt, er habe eiserne Nerven. Aber ausgerechnet einen Ster-

benden mußte er sich ausdenken. Mit der letzten Zeile war Jana aus Ruschomberok gemeint. Wenn das Gabka gelesen hätte. Die wäre gleich zu Vuk gelaufen und hätte ihn ausgefragt, und dann wäre ich verraten gewesen.
Überhaupt – wenn Vuk mich dabei erwischen würde, daß ich seine Gedichte lese, dann wäre der Teufel los. Deshalb beschloß ich auch, damit aufzuhören. Ich brachte noch Gabkas Bett in Ordnung, und dann versteckte ich das Heft wieder dort, wo ich es gefunden hatte.
Daß unser Vuk ein Dichter ist, das wäre niemandem im Traum eingefallen. Aber Vuk ist wie ein Bergadler. Wenn der Adler ruhig dasitzt, gleicht er einem langweiligen, grauen Granitblock. Aber wenn er die Flügel ausbreitet und hoch zum Himmel hinauffliegt, dann sieht jeder, daß er der König der Lüfte ist.

Jana, dieses komische Mädchen, hat unserem Vuk schon seit drei Wochen nicht mehr geschrieben. Wenn ein Brief käme, könnte man wenigstens mit ihm reden. Aber diese dumme Person schreibt einfach nicht. Ich kenne Jana nicht. Aber ich würde ihr gern mal begegnen, um ihr meine Meinung zu sagen.
Ich nahm das schwarze Heft mit den Gedichten wieder vor und schwor mir, nie mehr einen Blick hineinzuwerfen. Nur ein einziges Gedicht wollte ich noch lesen. Das letzte, dem nur noch leere Blätter folgten.

Der letzte Sonnenstrahl fällt auf den Teller aus rotem Ton,
graue Nebel,
mein letzter Tag.
Auf dem Sarg aus Kiefernholz
liegen grüne Kränze.
Fort in die große Einsamkeit will ich,

in die große Einsamkeit, wo die Einsamkeit endet,
wo auch du nicht sein wirst,
nicht einmal du.
Ich selbst bin glücklich in dem großen Schweigen,
wie ich es lebend niemals war.

Ich erstarrte und konnte das alles nicht begreifen. Mein Kopf schien zu bersten von diesen schwermütigen Gedanken.

Wo war Vuk eigentlich? Arbeitete er überhaupt draußen beim Straßenbau? Wo es doch schon vom frühen Morgen an regnete. Und heute hatte ich ihn überhaupt noch nicht gesehen. Herrgott, was war los mit ihm?
Ich rannte die Treppe hinunter und durch den vollbesetzten Speisesaal hinaus in den Regen. Aber das war mir egal. Und wenn es wie mit Kannen vom Himmel schüttete, ich mußte Vuk suchen.
Ich lief, und hinter mir lief der letzte Tag, der Sarg aus Kiefernholz sprang hinter mir her, blutrot kollerte der Tonteller – mein Vuk! Vuk – Vuk!
In meiner Lunge pfiff es. Ich glaube, ich weinte. Mit schwacher Stimme schrie ich, daß sie meinen Vuk erschlagen, daß ich Jana erschlage, denn es ist Vuks letzter Tag.

Ich lief hinaus zur Almhütte. Und dort, hinter einem Haufen gesprengter Felsen, entdeckte ich Vuk. Er hatte einen Papiersack über Kopf und Rücken gezogen. Mit einer Karre voller Steine stand er auf einem Brett. Das Brett federte unter ihm. Es sah aus, als tanze er darauf. Mir kam es auch so vor, als pfiffe er vor sich hin.
Ich war schrecklich froh, als ich ihn sah. Aber dann blieb ich plötzlich stehen, denn ich wußte nicht, was ich zu ihm sagen sollte.
»Was willst du denn hier?« fragte er verwundert.

»Ich trainiere«, log ich.
»Im Regen?« Er stellte die Karre hin. »Bist du verrückt? Fällt dir nichts Besseres ein?«
»Komm doch nach Hause«, sagte ich und sah ihm ins Gesicht.
»Du Kalb«, sagte Vuk und schob die Karre weiter.
Ich stand tatsächlich wie ein Kalb da. Aber ich wollte nicht gleich wieder zurückgehen.
Vuk ließ die Karre stehen und rief mir zu, ich solle in die Almhütte gehen.
In der Almhütte saßen Arbeiter und zwei Ingenieure um ein Feuer und rauchten. Vuk kam hinterher, zog seinen Regenmantel aus und warf ihn mir zu.
»Bei so einem Sauwetter arbeitest du«, sagte einer der Arbeiter zu Vuk. »Du holst dir eine Lungenentzündung, und dann wächst du nicht mehr und bleibst dein Leben lang klein und schwach.«
Alle lachten, denn Vuk war der größte von ihnen. »Oder willst du vielleicht heiraten«, neckte ein anderer, »und brauchst das Geld für die Hochzeit?«
Vuk wurde rot wie ein Krebs. »Ich arbeite gern im Regen«, sagte er höflich. »Ich paß schon auf mich auf.« Dann wandte er sich an mich und sagte streng: »Das nächstemal werfe ich dich in den Bach. Dann kannst du als Fischköder zu Tal schwimmen.« Alle lachten. Ich lachte auch. Der letzte Tag, der blutige Tonteller, der Sarg aus Kiefernholz – das alles war plötzlich verschwunden. Ich wußte auch, warum. In der Tasche von Vuks Regenmantel steckte ein Brief.
Vuk mußte noch vier Karren fahren, und dann gingen wir nach Hause. Er stülpte mir den Zuckersack über den Kopf, und während des ganzen Weges unterhielten wir uns. Natürlich erwähnte ich mit keinem Wort die Gedichte.
Als wir durch die Bäume die Hütte sahen, nahm ich den Sack unter den Arm und raste wie ein Windhund los. Ich rannte auf

unser Zimmer fünfzehn und versteckte das schwarze Heft unter Vuks Decke.

Onkel Jaroslav war mit seiner Tochter Iveta eingetroffen. Wir hatten keine Ahnung, wie lange sie bleiben würden.

Bei der Ankunft erklärte Onkel Jaroslav: »Tylda« – das war seine Frau – »ist krank. Da hat sie uns ein paar Tage weggeschickt.«

»Was hat sie denn?« fragte Vater.

»Die Nerven, Schwager«, sagte der Onkel ernst. »Sie braucht ein bißchen Ruhe und Ausspannung.«

Tante Tylda mochte ich überhaupt nicht, obwohl sie Vaters Kusine ist. Sie schmiert sich Zuckerwasser in die Haare. Und auf uns schaut sie bloß herab, weil sie meint, sie sei so zart und elegant. Dabei habe ich einmal gesehen, wie sie bei uns drei Beefsteaks hintereinander weg aß. Aber schließlich muß der Mensch ja selber wissen, ob er zart ist oder nicht. Das ist niemandem so schnurzegal wie mir oder Vuk.

Im vorigen Jahr war Tante Tylda mit Mutter in Streit geraten. Sie hatte behauptet, Mama habe Iveta zu wenig Obst gegeben. Dabei bekam die immer mehr als Vuk und ich. Tante Tylda hat damals gesagt: »Das hier ist nicht der richtige Platz für mein Kind. Ich laß sie nie mehr herkommen.«

Mamka rief: »Gott sei Dank«, und Vater brachte sie mit dem Auto weg.

Aber nun war das Kind schon wieder da. Und nicht allein.

»Also dann, willkommen«, sagte Vater, und es klang nicht sehr begeistert.

»Was deine Frau betrifft«, sagte der Onkel eifrig und faßte Va-

ter am Jackenknopf, »Tylda läßt ihr sagen, daß sie nicht mehr böse ist. ›Die Terezka ist eine einfache Frau‹, soll ich ausrichten, ›aber sie hat ein gutes Herz. Ich zögere nicht, ihr meinen teuersten Schatz anzuvertrauen.‹« Und dann strich Onkel Jaroslav dem »teuersten Schatz« über den Kopf und sagte: »Geh, Liebling, und sag Tante Terezka guten Tag!«
Iveta lief in die Küche und umhalste Mamka. Gar nicht zart, sondern eigentlich ganz normal. Mamka umarmte sie. Sie hat immer Mitleid, wenn sie das arme, blasse Kind sieht. Dann hat sie alles vergessen. In ihren Spruchweisheiten gibt es außerdem die Redensart, daß Kinder nichts für ihre Eltern können.

Beim Mittagessen kam ein Spaß, den Mutter sich jedes Jahr machte. Sie fragte den Onkel: »Und wo arbeitest du, Jaroslav?«
Wir warteten alle gespannt, welche Erklärung er dieses Mal dafür hatte, daß er nicht arbeitete. Früher war es die Leber gewesen und noch früher die Nerven. Jetzt war es Ischias.
»Ich kann euch sagen, Schmerzen sind das«, jammerte er.
»Weißt du, Jaroslav«, sagte Mutter, »ich kann nicht verstehen, wie ein Mensch ohne Arbeit leben kann.«
Vater nagte wortlos an seinem Rippchen. Er mochte Onkel Jaroslav nicht. Ich wußte genau, was er dachte. Er dachte: Wer kann diesen Knaben schon mögen? Also muß ich mich eben zusammennehmen. Wenn ich kaue, kann ich nicht reden. Also kaue ich eben, dann muß ich den Mund halten.
Dieser Onkel Jaroslav war ein richtiger gutmütiger Trottel. Er stand ganz unter dem Pantoffel seiner teuren Gattin. Weil er immer alles tat, worum man ihn bat, hatte Mamka ihn ganz gern.
Abends nach dem Essen hielt er sich das Kreuz und erklärte Mamka, wie das mit dem Ischias wäre, wo es weh täte und wie ein Mensch darunter zu leiden habe.
Mamka bedauerte ihn. Sie brachte Vaters großen, warmen Pull-

over und drängte den Onkel, ihn anzuziehen, damit sein geplagtes Kreuz es warm habe. Beinah hätte sie selbst ihm den Pullover über den Kopf gezogen. Der Onkel beugte sich über den Tisch, fuchtelte mit den Armen in der Luft, stieß mit dem Kopf gegen die Lampe und brachte dann die Hände wie Flügel aus den Ärmeln. Schließlich kam sein Kopf heil aus dem Pullover heraus. Mit der Hand strich er sich über sein dichtes graues Haar.

»Nun, Jaroslav«, sagte Mamka, »tut dir der Rücken jetzt auch noch weh? So ein paar Schmerzen können dir doch nicht viel ausmachen.«

»Ach, Kinder«, sagte der Onkel mit tiefer Stimme, »ich bin nicht mehr der Mann, der ich einmal war.«

»Von zuviel Arbeit kann das aber nicht gekommen sein«, platzte Vater heraus. Nun hatte er den Mund doch nicht halten können.

Dann stand Vater auf. »Ich geh mal nach dem Dynamo sehen«, sagte er, »der spuckt wieder.«

Das elektrische Licht hatte schon eine ganze Zeit geschwankt. Manchmal brannte es ganz ordentlich, aber dann verlöschte es fast ganz, so daß nur noch die roten Fäden in den Birnen glühten.

»Komm mit«, sagte Vater zu mir. »Und zieh dir feste Schuhe an.«

Ich stieg in die Gummistiefel, die immer auf dem Gang vor der Tür bereitstehen.

Während wir zum Staubecken gingen, erzählte der Vater, daß er den Dynamo schon überprüft habe. Der sei in Ordnung. Es müsse am Staubecken liegen.

Ich hielt mich dicht hinter dem Vater. Aber ich hatte trotzdem das Gefühl, im nächsten Augenblick würde mich jemand von hinten packen. Ich fürchtete mich richtig gern. Ich versuchte mir absichtlich vorzustellen, daß ich hinter mir Schritte oder

Flüstern hörte und wie jemand nach mir griff, kein Tier, sondern ein Gespenst. Das Blut schien mir in den Adern zu stocken. Aber ich hielt mich dicht hinter Vater und beschleunigte meine Schritte auch nicht. Ich ging langsam und gleichmäßig weiter. So wollte ich meinen Charakter stählen.
Oben beim Staubecken war es feucht. Das Moos roch scharf. Es regnete. Vater ließ den Schein seiner großen Jägertaschenlampe über den Berg gleiten. Im Lichtstrahl der Lampe schienen die Bäume aufgeregt zu tanzen, als wären sie erschrocken.

Wenn das elektrische Licht nicht brennt, ist meistens das Auffanggitter im Staubecken verstopft, so daß das Wasser nicht durchfließen kann. Das Staubecken ist normalerweise mit Brettern zugedeckt, damit keine Blätter von den Buchen hineinfallen können. Normalerweise! Aber dieses Mal nicht.
Wir fanden die Bretter ringsum verstreut, und das Staubecken war ganz mit Erde vollgeschüttet. Das Wasser hatte sich zwar einen Kanal gegraben, aber das Auffanggitter war so verschmutzt, daß es nur ein paar Tropfen Wasser durchließ.
Wir guckten uns den Schaden eine Zeitlang an. Und dann begann Vater zu schimpfen. »Diesem alten Gauner breche ich alle Knochen entzwei! Ich warne dich, du nichtsnutziger Bursche!«
Der nichtsnutzige Bursche war der alte Sechzehnender, Vaters ganz persönlicher Feind. Schon ein paarmal hatte er sich Vater in den Weg gestellt, wenn er mit seinem Citroën den Berg hinunterfuhr. Er fürchtete sich weder vor dem Motor noch vor den Scheinwerfern und wich nicht aus, obgleich Vater ihn mit dem Kühler anstieß. Er blieb einfach stehen und schaute auch noch frech unter die Zeltplane des Autos, um festzustellen, was Vater da gerade bei sich hatte.
Und jetzt war er wieder ins Staubecken gegangen.
Noch einmal streifte der Lichtkegel von Vaters Lampe über den Berg. »Zeig dich wenigstens, du Luder«, drohte er. Er war über-

zeugt, daß der alte Hirsch uns von irgendeiner Stelle aus schadenfroh beobachtete.
Eine Schaufel hatten wir nicht mitgenommen. So mußte ich den Schmutz mit den bloßen Händen von dem Auffanggitter wegräumen. Ich habe dabei kräftig geschimpft. Aber das würde wohl jeder tun, der mit bloßen Händen im eisigen Wasser graben muß.

Schon im vorigen Jahr hatte Vater mit Onkel Rydzik, dem Förster, darüber gesprochen, daß man den alten Hirsch loswerden müsse. In diesem Herbst will Onkel Rydzik nun den Sechzehnender den Ausländern, die sich zur Jagd angemeldet haben, vors Gewehr bringen. Aber wenn die kommen, dann gehe ich mit Boj und Strasch durch die Berge und hetze die Hunde auf, daß sie durch ihr lautes Gebell alle Tiere bis in die Gemarkung von Mikulasch verscheuchen. Den Ausländern würde ich es gönnen, wenn der alte Einzelgänger ihnen entkommt. Er tut mir nämlich leid. Eine Kugel bleibt eine Kugel. Und da verscheuche ich den Alten lieber.
Vater habe ich von meinem Plan natürlich nichts gesagt. Der braucht schließlich die Fremden. Denn im Herbst ist bei uns tote Zeit. Wenn dann keine Jagdgäste wären, hätten wir überhaupt keine Gäste auf der Hütte. Als wir zurückkamen, sahen wir, daß in der Hütte alle Lampen hell wie die Sonne brannten. Durch das Küchenfenster sahen wir, wie Onkel Jaroslav sich die Zähne putzte. Er spuckte weißen Schaum, gurgelte und sprang wie ein Verrückter herum.
»Der denkt, er sei hier unter Wilden«, sagte Vater ärgerlich. »So benimmt der sich.«
Dabei haben wir in jedem Zimmer fließendes Wasser.

»Na, woran lag es, Chef?« fragte der Onkel, als er uns sah.
»An nichts«, brummte Vater. Dann sagte er etwas freundlicher: »Gute Nacht.«

Mamka erzählte ich noch alles, was wir erlebt hatten. Dann ging ich ebenfalls schlafen.
Aber im Bett habe ich noch lange über den alten Sechzehnender nachgedacht. Wer weiß, ob der sich nicht wirklich auf Vaters Kosten einen Spaß gemacht hat. Ich mußte vor mich hin grinsen, wenn ich mir vorstellte, daß er vielleicht hoch von den Bergen auf uns heruntersah und in dröhnendes Gelächter ausbrach, als er bemerkte, wie wir mit den bloßen Händen das Staubecken säuberten.

Aus Mikulasch hatten wir die Nachricht bekommen, daß man unseren Boj dort gesehen hatte.
Schon die zweite Woche war Boj weg. Mit Strasch zusammen war er davongelaufen. Aber Strasch kam nach vier Tagen wieder. Daß sie mal einige Zeit herumstrolchten, konnte man diesen Vagabunden nicht verwehren. Aber daß sich ein Hund von dem anderen trennte, war bisher noch nie vorgekommen.
Zuerst ging Vater zu Förster Rydzik. Er fürchtete, unsere Bernhardiner hätten das Wild verscheucht und der Förster hätte ihnen vielleicht eine Ladung Schrot hinterhergeschickt. Aber Onkel Rydzik erklärte, dieses Mal habe Boj nichts angestellt.
Dann fragte Vater alle Leute, die in die Hütte kamen, ob sie Boj gesehen hätten, und so erfuhren wir schließlich, daß er in Mikulasch sei.
Vater wartete noch zwei Tage, weil er hoffte, daß der Hund von selbst zurückkäme. Aber dann entschied er, daß Vuk einen Tag mit der Arbeit aussetzen sollte und daß sie beide zusammen über die Berge nach Mikulasch gehen wollten.
Vuk wollte nicht so recht. Das heißt, er wollte schon ganz gern,

aber er wollte über Ruschomberok gehen, und er machte so lange Einwände, Pläne und Vorschläge, bis der Vater es satt hatte und zornig wurde. Und das wird er nicht so leicht.
»Dann gehe ich eben allein!« rief Vater. »Hier gibt's wirklich nur Faulpelze. Was ich nicht selber tu, tut niemand.«
Das nahm Onkel Jaroslav sich zu Herzen. Er tat beleidigt, räusperte sich und erklärte, daß er nach Mikulasch gehen werde. Er rechnete bestimmt damit, daß sein Angebot nicht angenommen würde. Aber seine Rechnung ging nicht auf.
»Gut, ich nehme dich beim Wort«, sagte Vater. »Ich kann die Frauen hier sowieso nicht gut allein lassen.« Und er bestimmte, daß Onkel Jaroslav mit mir nach Mikulasch gehen sollte.
Damit gingen alle Hoffnungen von Vuk wie Rauch im Nebel auf. Ich stellte mir vor, daß er, wenn er jetzt wieder auf unserem Zimmer wäre, ein Gedicht schreiben würde:

In die große Einsamkeit möcht ich entfliehen,
denn nach Ruschomberok kann ich nicht ziehen.

In der Küche begannen gewaltige Vorbereitungen. Onkel Jaroslav stellte einen großen Topf Wasser aufs Feuer, um seine Füße vor Antritt der Expedition pflegen zu können. Er probierte alles Schuhwerk, zuerst sein eigenes, dann das von Vater. Die Mamka bat er um Socken, brauchte neue Schnürsenkel und brachte alles durcheinander. Dann ging er in die Speisekammer, um den Brotbeutel zu füllen. Durch die offene Tür diktierte er Mamka, was sie alles für uns zurechtmachen solle, dies gegen den Hunger, jenes gegen den Durst, das zur Erfrischung und das wegen der Kalorien.
»Deine besondere Sorge, Djuro, ist die Reiseapotheke«, schrie er mich an.
»Reiseapotheke?« sagte ich verblüfft.
»Jawohl. Eine kleine, aber vollständige Reiseapotheke. Ganz

wenig von jedem, aber unbedingt von jedem etwas. Und von Leukoplast brauchen wir einen ganzen Vorrat. Gegen die Blasen an den Füßen, verstehst du?«

Mamka hatte zuerst gelacht und ihm alles gebracht, was er wollte. Aber als er ihr überall im Wege stand, verlor sie die Geduld.

»Jetzt langt es, Jaroslav«, sagte sie. »Ihr werdet schon nicht verhungern. Und wegen dieser Reiseapotheke, das laß nur. Schließlich seid ihr ja nicht bei den Soldaten.«

»Was?« sagte der Onkel fassungslos. »Kein zivilisierter Mensch macht sich ohne Reiseapotheke auf die Wanderung.«

Er sah uns an, als ob er zum Ausdruck bringen wollte, daß wir alle keine zivilisierten Menschen seien.

»Tausend Gefahren lauern in den Bergen auf den Menschen«, belehrte er uns, worauf Iveta anfing zu flennen.

»Geh nicht fort, Papa«, jammerte sie. »Ich laß dich nicht fort.«

Sanft schob er sie von sich.

»Ich muß, mein Kind«, sagte er und blickte in die Ferne wie der Held in einem Fernsehwestern. »Pflicht ist Pflicht. Den Pfad der Pflichterfüllung darf man nicht verlassen, auch wenn es noch so schwer ist.«

Am Morgen begaben wir uns mutig auf den Pfad der Pflichterfüllung. Onkel Jaroslav hatte sich von Vater auf der Landkarte den Weg über den Sedlo nach Demänov genau erklären lassen. Von dort konnten wir dann mit dem Autobus nach Mikulasch fahren.

Als wir zwölf Minuten gegangen waren, drehte der Onkel sich um. Er wollte feststellen, ob man den Kamin der Hütte noch sehen konnte. Vielleicht meinte er, Vater würde oben aus dem Schornstein herausschauen.

Dann setzte er sich und sagte: »Der Mensch hat seinen Verstand bekommen, damit er denkt.«

Das stimmte. »Also«, fuhr er fort, »darf man sich nicht wie ein Kalb benehmen.«
Auch das leuchtete mir ein. Aber ich kam mir gar nicht wie ein Kalb vor.
»Nach Demänov hinunter ist der Weg lang und einsam«, erklärte der Onkel. »Da gibt es nicht einmal Bier zu trinken. Wir gehen den Weg über Janska.«
Das war aber ein ziemlicher Umweg.
»Das erste Etappenziel ist die Povstalecka-Hütte.«
Von mir aus. Da wohnte Liva. Ich hatte nichts dagegen. Dann überlegte ich mir, warum Onkel Jaroslav diesen Umweg machen wollte. Ich erinnerte mich, daß wir einmal bei den Smirsch auf der Povstalecka-Hütte zu einer Taufe eingeladen waren. Da hatte Onkel Jaroslav mit Tante Smirsch getanzt. Und was er für Reden geführt hatte! »Sie sind keine gewöhnliche Frau, gnädige Frau, sondern eine schöne Amazone. Es ist so schade, daß Sie hier in dieser steinernen Einsamkeit gefangen sein müssen.«
Tante Smirsch hatte gelacht.
Darum also. Wegen der Amazone.
»Aber das bleibt ganz unter uns, Djuro«, sagte der Onkel mahnend. Von mir aus. Mir konnte es ja nur recht sein.
Außerdem: Ich bin ein Junge und kein Schwätzer. Jungen können schweigen.

Stolz wie große Herren schritten wir den Weg unterhalb des Sedlo entlang. Die Sonne schien uns ins Gesicht und begann allmählich zu stechen. Der Onkel setzte sich eine Sonnenbrille auf und krempelte sich die Hosenbeine hoch, damit seine Beine gleichmäßig braun würden. Mir wollte er unbedingt ein Taschentuch auf den Kopf legen, in das er an den vier Enden Knoten gemacht hatte. Er feuchtete es aus der Feldflasche an und sagte, ein so hochaufgeschossener Junge wie ich könnte leicht einen Sonnenstich bekommen.

Ich lachte und band das Taschentuch an den Stock. So zogen wir mit einem Banner über die Berge. Der Onkel hob den Stock, der Wind bewegte das nasse Taschentuch, und der Onkel sang aus voller Kehle: »Rosalie, guten Morgen!«
Dann winkte er mit der weißen Fahne in Richtung auf die Povstalecka-Hütte und rief: »Die Parlamentäre kommen! Empfangen Sie uns freundlich, schöne Frau!«

Unter dem wolkenlosen, dunkelblauen Himmel schien die Luft zu zittern. Der gezahnte Höhenrücken des Djumbier erhob sich stolz über die grauen Schluchten. Es sah aus, als wären das keine Gipfel, sondern die riesenhaften Flügel träger Vögel. Der Duft des Knieholzes stieg uns in die Nase. Der Onkel schritt kräftig aus, sein Gesicht gegen die Sonne gewendet. Unter seinen Nagelschuhen sprangen Funken vom felsigen Boden.
Plötzlich blieb er stehen. »Da, siehst du?« fragte er. »Die Povstalecka-Hütte.« Begeistert schloß er die Augen. »Solche Parlamentäre wie uns kann man nur nett empfangen«, erklärte er.
»Na ja«, sagte ich lachend, »man kann uns nett empfangen oder nett hinauswerfen. Entweder – oder.«
»Es könnte auch passieren, daß Tante Smirsch uns in den Kessel steckt und Gulasch aus uns macht.« Der Onkel lachte dröhnend.
Auch ich mußte furchtbar lachen bei der Vorstellung, daß wir jeder in einem Kessel säßen und geschmort werden sollten. Aber wir würden kämpfen. Ich würde mich auf Liva stürzen und der Onkel auf die Tante Amazone.
Inzwischen waren wir am Ende des befestigten Weges angelangt. Hier ging er nicht weiter, und wir mußten jetzt den Steilhang hinunter. Es war ein merkwürdiger Weg, weil er nirgendwo hinführte, und niemand wußte, wann oder warum er überhaupt einmal angelegt war. Ich erzählte dem Onkel, was ich mir vorgestellt hatte, als ich noch klein war. Da hatte ich geglaubt, daß vor langen Zeiten, als es noch Riesen in den Ber-

gen gab, ein Riesenkind mit seiner Harke den Weg gemacht habe, damit es mit seinem Wägelchen darauf fahren könne. Der Onkel meinte, ich könnte vielleicht recht haben, aber dieser Weg wäre eine gute Bergmannsarbeit, und daher glaubte er, daß in der Nähe ein Erzbergwerk sein müsse.
»Aber wo?« rief ich. »Hier gibt es doch nirgends ein Bergwerk. Ich müßte es doch wissen. Und wenn ich es nicht weiß, dann würde es Vuk wissen.«
»Das besagt nichts«, erklärte der Onkel. »Die Eingänge zu alten Stollen sind oft zugeschüttet oder durch Gestrüpp verdeckt.«
»Und wohin sollen sie denn das Erz gebracht haben, wenn der Weg nirgendwohin führt?« fragte ich.
Der Onkel überlegte. »Gerade darum glaube ich, daß es ein Bergwerk war«, sagte er. »Man hat den Weg nicht fertiggebaut, weil im Bergwerk die Erzader versiegte. Und da lohnte es sich nicht mehr.«
Ich fand die Erklärung mit dem Bergwerk nicht so schön wie meine mit dem Riesenkind. Eigentlich hätte ich sie dem Onkel wohl glauben müssen. Aber ich muß sagen, da denke ich mir doch lieber selber etwas aus.

Nun also mußten wir den Steilhang hinunter. »Das wird schwierig«, sagte Onkel Jaroslav. »Das Gras ist glitschig. Hoffentlich komme ich da mit meinen Schuhen heil hinunter.«
»Geh vorsichtig!« rief ich ihm zu. »Ich warte bei der Povstalecka-Hütte auf dich.«
Ich lief in meinen Tennisschuhen leicht über das Gras, mit ausbalanciertem Körper, so wie im Winter, wenn ich den Kristiania übe. Wie ein Pfeil schoß ich davon. Die Hütte lag unter uns. Und wie ich lossauste, wußte ich, daß mich nun niemand mehr aufhalten konnte, nicht einmal ich selbst.

Nach dem reichlichen Mittagessen drängten die Frauen den Onkel Jaroslav, er möge sich doch ein wenig in dem Zimmer hinter der Küche ausruhen. Der Onkel setzte sich auf die Couch; Tante Amazone brachte das süße Teiggebäck, das wir Palatschinken nennen, und eine Tasse Kaffee, und alle blieben im Zimmer, denn der Onkel erzählte von den Neuigkeiten in der Welt.

Die Frauen interessierten sich für Morde, die Jungens für die fliegenden Untertassen, die, wie Onkel Jaroslav sagte, die Erde schon nicht mehr einzeln, sondern in ganzen Gruppen besuchten.

»Du lieber Himmel, ich wüßte gar nicht, was ich täte, wenn so eine fliegende Untertasse plötzlich vor mir landete«, sagte einer der Jungens.

»Ich wüßte es schon«, erklärte ein anderer wichtigtuerisch. »Ich warte, bis der Marsmensch rauskommt, und dann verhau ich ihn so, daß nur noch ein nasser Fleck übrigbleibt.«

Der Onkel erzählte, daß die Marsmenschen keine Menschen wie wir wären, sondern zittrige Wesen aus einer gallertartigen Masse. In ihren Maschinen wären sie stark, aber sonst zerbrechlich und lebensunfähig.

Es war mir ziemlich schleierhaft, woher der Onkel das alles wissen wollte. Zu dem Jungen sagte ich, ich wüßte nicht, ob ihm das gefallen würde, wenn er bei seinem ersten Besuch auf dem Mars von den Marsmenschen gleich so verprügelt würde, daß nur noch ein Fettfleck von ihm bliebe.

Inzwischen fingen die Frauen wieder an, von Morden zu reden. Erst bedauerten sie die Opfer und dann die Mörder. »Diese unglücklichen Menschen«, sagte Tante Smirsch und weinte beinah, »ein Augenblick geistiger Umnachtung, wo sie nicht wissen, was sie tun, und dann müssen sie ihr ganzes Leben dafür büßen.«

»Sie hätten Richter werden sollen, gnädige Frau«, sagte der Onkel. »Alle Mörder würden Ihr gutes Herz und Ihre milden Urteile zu schätzen wissen.«
Ich ging nach draußen. Ich hatte den Eindruck, daß hier ziemlich viel Unsinn geredet wurde.

Fünf Gäste sonnten sich vor der Hütte in Liegestühlen. Sie waren angezogen wie im Winter, denn hier oben ist es eigentlich nie warm.
Ich suchte Liva. Seit unserer Ankunft hatte sie sich noch nicht blicken lassen. Nicht einmal zum Mittagessen war sie erschienen. Ich nahm an, daß sie uns gesehen hatte, als wir kamen, und gerade darum weggegangen war. Sie ist immer so sonderbar. Zu Hause hilft sie nie, und manchmal sieht man sie den ganzen Tag nicht. Na ja, sie ist ja auch noch jünger als ich.
Ich ging auf das Dach und lehnte mich an den Kamin. Er war ganz aus Steinen, so hoch wie ich, und überhaupt nicht warm. Aber er schützte vor dem Wind. Von hier aus hatte man einen herrlichen Blick. In der Ferne sah ich verschwommen eine Stadt, vielleicht war es Brezna. Und dann sah ich Liva.
Ich lief zu ihr. Ich wußte, daß unter der Felswand eine Höhle war. Da hatte sich Liva ihre Wohnung eingerichtet.
»Willst du Mittagessen?« fragte sie. Liva hatte grüne Augen, aber die waren fast verdeckt unter den schwarzen Wimpern. Ihre Haare waren nicht schwarz, sondern ganz scheckig, ausgebleicht von der Sonne.
»Also willst du, oder willst du nicht?« Sie schlug mit einem kleinen Löffel nach mir. Das sollte der Kochlöffel sein.
»Gegessen habe ich schon«, sagte ich. »Aber wie wär's mit Kaffeetrinken?«
»Dann komm runter.«
Liva bot mir einen Lehnstuhl aus roher Borke zum Sitzen, verbeugte sich und sagte: »Herzlich willkommen!«
Dann schüttete sie etwas Kakao in eine Tasse mit abgebroche-

nem Henkel, tat Zucker dazu, goß Wasser aus einer Flasche darauf, rührte alles mit dem kleinen Löffel um und verbeugte sich noch einmal.
»Guten Appetit wünsche ich.«
Ich trank den Kakao. Liva setzte sich vorsichtig neben mich in den zweiten Sessel. Den Kopf und die nackten Beine streckte sie aus der Höhle heraus.
Den ganzen Sommer über trägt sie Lederhosen und Pullover. Sie kümmert sich weder um Wind noch um Kälte, vielleicht, weil sie von der Sonne fast schwarz gebrannt ist.

Vor der Grotte saß Livas alte Großmutter.
»Warum sitzt sie da draußen?« fragte ich. »Laß sie doch hereinkommen.«
»Das geht nicht«, antwortete Liva. »Man könnte ihre Diamanten stehlen.«
»Aha!« sagte ich verdutzt. Denn ich sah nichts von Diamanten. Die Großmutter starrte unverwandt auf die Hochfläche, die mit Preiselbeersträuchern dicht bewachsen war. Preiselbeeren waren nicht zu sehen, aber auch nichts Glitzerndes.
»Wo sind denn die Diamanten?«
»Die sind doch in der Erde. Siehst du da nicht die kleinen Hände?«
Wirklich. Alle Preiselbeersträucher waren mit kleinen Spinnweben bedeckt. Es sah aus, als wüchsen sie aus der Erde. Sie verzweigten sich über das ganze Preiselbeergebüsch. Es waren sehr viele, vielleicht Millionen. Eine Million Zwergenhände.
So etwas hatte ich in meinem ganzen Leben noch nicht gesehen. Bloß Diamanten konnte ich nicht sehen.
»Die sieht man nicht«, sagte Liva. »Erst in der Nacht. Am frühen Morgen kann man sie alle sehen, auf jeder Hand drei oder vier. Aber wenn die Sonne aufgeht, verstecken sie sich wieder in der Erde.«
»Damit die Sonne nicht vor ihrem Glanz erblindet?«

»Aber nein. Damit man sie nicht vom Tal aus sehen kann. Wenn die da unten eine Million Diamanten glitzern sähen, dann kämen sie und würden sie in Säcke sammeln. Darum verbergen sie sich tagsüber in der Erde.«
Ich begriff nicht, wieso ein so ungeheurer Reichtum einer alten tauben Großmutter gehörte.
»Warum nicht?« sagte Liva. »Sie haben alle mir gehört. Aber ich habe sie ihr geschenkt. Ich wollte nicht die ganze Nacht hier sitzen und auf sie aufpassen.«
Das leuchtete mir ein.
Dann holte Liva aus dem Schlafsaal ein Handtuch, und wir bauten der Großmutter mit dem Handtuch ein Zelt, um sie vor der glühenden Sonne zu schützen. Und dann setzten wir uns wieder in die Höhle.

Liva spielte auf ihrer Mundharmonika. Sie spielte auch Lieder, um die ich sie bat. Ich bat sie, ein neues Lied zu spielen, das wir beide kannten und das »Akkorde am Feuer« hieß. Und ich mußte zu Livas Mundharmonika singen, obgleich ich eine ganz rauhe Stimme habe.
Und dann spielte Liva: »Wenn ich schon über sechzehn wäre, dann wäre das was anderes.«
Ich sang absichtlich ganz hoch wie ein Mädchen. Und dann kreischte ich: »Ich bin noch ein ganz kleiner Frosch.« Liva mußte lachen und konnte nicht mehr Mundharmonika spielen. Und so war das Konzert zu Ende.

Vom Felsen über uns hörte man eine Stimme: »Oh, oh, was sehe ich denn da für hübsche Beinchen.«
»Hier gibt es keine hübschen Beinchen«, sagte ich. Ich sagte es nicht, weil Liva keine hübschen Beine hat, sondern weil nicht irgendein Idiot so blöd daherreden sollte.
Aber Liva steckte den Kopf aus der Höhle, blickte zum Felsen hoch und blinzelte diesem Trottel zu.

»Laß ihn nicht herkommen«, sagte ich.
»Warum nicht?« zwitscherte Liva.
Ich merkte, wie der Bursche die Felswand herunterrutschte, so eilig hatte er es.
Wir saßen in der Höhle. Plötzlich baumelten uns Gummiabsätze vor der Nase, dann grobe weiße Socken, und schließlich kamen nackte, dünne Beine. Liva lauerte wie ein Luchs. Die Füße baumelten in der Luft und suchten nach einem Halt. Mit einemmal sprang Liva auf, packte einen der Füße und zog den Kerl herunter. Wie ein Frosch platschte er vor der Höhle auf den Boden. Dabei hatte er auch noch einen grünen Anorak an. Wir lachten wie die Verrückten und rannten über das Diamantenfeld weg.
Der Kerl schrie und schimpfte hinter uns her. Aber da waren wir schon weiß Gott wo.
So eine ist die Liva. Aber ich bin mir trotzdem nicht sicher, ob sie den Herrn ärgern wollte oder ob sie wollte, daß er zu uns kam. Mein Vater hätte mir allerdings ganz schön was hinter die Ohren gegeben, wenn ich so mit unseren Gästen umgegangen wäre.

Als wir stehenblieben, um zu verschnaufen, sahen wir Livas Mutter auf uns zukommen.
»Oha, jetzt wird's ernst«, sagte ich.
Aber Liva hatte keine Angst. Ich glaube, die hat vor nichts Angst. Sie steckte die Hände in die Taschen und ging der Mutter langsam entgegen.
»Na, Kinder«, sagte die Tante und blickte auf die Preiselbeeren, die voll von den kleinen Händen aus Spinnweben waren, »das ist ein schlechtes Zeichen. Da gibt es dieses Jahr einen frühen Winter.«
Ich merkte Liva an, daß sie sich freute. Ich weiß auch, warum. Sie geht in Brezna zur Schule und bleibt das ganze Schuljahr dort. Denn zu ihrer Hütte hinauf geht kein Autobus wie bei

uns. Und zu Fuß wäre es ein Weg von zehn Stunden. Wenn sie einen Hubschrauber hätten, könnte Liva jeden Tag nach Hause kommen. Aber weil sie keinen haben, wohnt Liva in Brezna und ist nur in den Ferien daheim. Wenn es nun einen harten Winter mit Schneestürmen gibt, kann sie nach Weihnachten nicht wieder nach Brezna hinunter, und so gelingt es ihr manchmal, eine oder zwei Wochen Schule zu schwänzen. Natürlich läuft sie dann Ski und ist glücklich. So gut habe ich es nicht. Mir gelingt es höchstens für zwei oder drei Tage, die Schule zu schwänzen. Danach ist bei uns auch der ärgste Schneesturm vorüber.

Wir gingen langsam hinter der Tante her. »Wird sie nicht mit uns schimpfen?« flüsterte ich Liva zu.
»Warum denn?« sagte Liva. Sie ist so sicher und unbekümmert.
Unseren Herrn trafen wir in einem Liegestuhl vor der Hütte wieder. Hinter dem Rücken ihrer Mutter neckte Liva ihn.
Jetzt reichte es aber. Der Herr redete etwas von Halbstarken in auffallender Kleidung, und die Gäste auf den anderen Liegestühlen stimmten ihm zu.
An der Tür drehte Livas Mutter sich um, lachte ihnen zu und sagte: »In den Städten gibt es vielleicht Halbstarke, aber nicht in den Bergen. In den Bergen muß man sich so anziehen, deshalb braucht man noch lange kein Gammler zu sein.«
Liva und ich lachten laut, aber erst, als wir im Hause waren. Livas Mutter war wirklich nett. Die tat, als wäre überhaupt nichts passiert. Die Herren Gäste trugen Blue jeans, knallfarbige Hemden, dicke Pullover, Halstücher und auf dem Kopf Mützen mit Bommeln. Die sahen wirklich so aus wie die Gammler im Fernsehen.
Dann sahen wir Livas Mutter an und mußten wieder lachen. Auch sie trug Blue jeans.

Onkel Jaroslav brummte etwas davon, daß die Pflicht riefe und wir uns in unverantwortlicher Weise herumtrieben. Er hielt mir vor der Tante und den anderen einen Vortrag über Pflichterfüllung und erklärte, ich sei ein Taugenichts und was denn überhaupt einmal aus mir werden solle. Aber damit wollte er nur von der Tatsache ablenken, daß ich schon längst fertig war und er immer noch faul auf der Couch herumsaß.
Endlich stand er auf und schmierte sich vor dem Spiegel eine dicke Schicht weißer Creme auf die Nase.
Da wußte ich, daß wir jetzt wirklich aufbrachen.

Das war gut und reichlich«, sagte Onkel Jaroslav, als wir den Steilhang ins Janska-Tal hinuntergingen.
Das gefällt mir an ihm: Er hält es nirgendwo lange aus. Genau wie ich.
Unten im Tal begannen wir zu singen. Das Abwärtsgehen war gar nicht anstrengend. Auf die Creme auf seiner Nase hatte der Onkel sich noch ein grünes Blatt geklebt, denn die Nase begann sich schon zu schälen. Bei mir nicht. Den ganzen Sommer über bin ich braun gebrannt. Da macht mir das gar nichts aus. Der Onkel sang immer noch. Aber ich wollte nicht mehr. Auf den Schulausflügen muß ich genug singen. Lehrer Fukatsch achtet streng darauf, daß jeder mitsingt. Wenn einer bloß so den Mund aufmacht, zieht er ihn an den Ohren.

Im Arbeitererholungsheim wollten sie dem Onkel kein Bier geben. Das Bier sei nur für die Bewohner des Heims, fremden Leuten dürften sie kein Bier geben.
»Bin ich ein Fremder?« sagte der Onkel und stemmte die Arme in die Seite. »Ich bin der Hüttenwirt vom Djumbier.«

Der hat Nerven, dachte ich.
»Wir dürfen nicht, Herr Hüttenwirt«, sagte die Kellnerin. »Niemandem dürfen wir Bier verkaufen.«
»Wenn Sie es nicht verkaufen dürfen, dann bewirten Sie uns eben«, sagte der Onkel müde. Vielleicht hatte er wirklich Durst.
Das sommersprossige Mädchen sah aus, als hätte sie ihm am liebsten ein ganzes Faß gegeben. Denn der Onkel ist ziemlich alt, und bis Janska sind es zu Fuß noch anderthalb Stunden.
»Ich will den Chef fragen«, sagte sie und trippelte auf ihren hohen Absätzen davon.
Der Onkel rieb sich triumphierend die Hände. Aber das war verfrüht. Das Mädchen kam langsam zurück. »Wir haben keins«, sagte sie. »Das Bier ist uns ausgegangen.«
Der Onkel sagte nichts. Aber als wir wieder draußen waren, tobte er wie ein Tiger.
»Nicht einmal in den Bergen trifft man Menschlichkeit an!« schrie er. »Wie die Wölfe fallen sie übereinander her. Bürokratisch gehorchen, das ist alles, was sie können. Vor ihrer Tür könnte man krepieren, nicht einmal einen Krug Wasser würden sie einem ohne schriftliche Erlaubnis geben.«
Ich fühlte mich so beschämt, als wäre ich daran schuld. Aber trotzdem fand ich Onkels Geschimpfe ziemlich lächerlich. Denn ich hatte noch nie gehört, daß sich Wölfe gegenseitig auffressen. Und auch nicht, daß der Onkel schon einmal jemanden um einen Krug Wasser gebeten hätte.

Wir waren schon nicht mehr so heiter. Wir hatten Sorgen. Denn plötzlich konnten wir uns nicht mehr vorstellen, wie wir in Mikulasch unseren Boj finden sollten.
»Wir stellen uns mitten auf den Marktplatz«, sagte ich, »und pfeifen nach ihm. Wenn ich zu Hause nach ihm pfeife, hört er mich auch, wenn ich einen Kilometer weit weg bin.«
»Ja«, sagte der Onkel, »in den Bergen und in der Stille.«

Das stimmte. Mikulasch war kein Berg, sondern eine Stadt. Und da konnte man natürlich nicht pfeifend durch die Straßen gehen.

»Oder wir könnten ihn durch den Gemeindediener ausrufen lassen. Das hört doch jeder«, sagte ich. »Vielleicht lassen sie uns auch bei der Stadtverwaltung ans Mikrofon, und dann könnte ich Boj rufen. Er würde mich an der Stimme erkennen und gleich angelaufen kommen.«

»Red keinen Unsinn, Djuro«, sagte der Onkel verärgert. »Wenn deine Stimme aus dem städtischen Lautsprecher käme, würde nicht einmal deine eigene Mutter sie erkennen und ein Hund schon gar nicht. Hast du noch nie gehört, wie das dröhnt und vibriert?«

Ich hatte schon lange gemerkt, daß unsere Hunde dem Onkel auf die Nerven gingen, und vielleicht überlegte er sich schon, was er dem Vater sagen wollte, wenn wir ohne Boj nach Hause kämen. Aber ich war fest entschlossen, nicht ohne Boj zurückzukommen. Ich wurde ganz unruhig bei dem Gedanken, daß böse Menschen ihn vielleicht verhungern lassen könnten.

Ich war ganz verzweifelt, als ich sah, wie viele Straßen und Gassen es in Mikulasch gab. Von Boj war nichts zu sehen. Vielleicht hielt ihn jemand gefangen. Oder vielleicht war er überhaupt nicht in Mikulasch. Das hätte uns noch gefehlt.

Wir gingen die Straße entlang. Jeden Augenblick stieß jemand gegen uns. Es war mir unverständlich, warum die Menschen in Mikulasch so böse waren. Sie waren alle in großer Eile, und am liebsten wäre einer dem anderen auf den Kopf getreten.

Ich beobachtete aufmerksam die lange Straße, auf der in beiden Richtungen Autos entlangrasten. An einer Stelle, noch ziemlich weit von uns entfernt, hatte sich ein kleiner Wagen zwischen die Autos gemischt. Er war mit einer Plane zugedeckt. Die Autos mußten um den Wagen herumfahren. Es gab ein Hupkonzert, und ich sah, wie die Fahrer sich ärgerten.

Der Wagen fuhr lärmend über das Kopfsteinpflaster. Es schien, als kümmerte er sich überhaupt nicht um all die Autos.
Ich wollte gern das Pferd sehen, das in dem brodelnden Verkehr so gute Nerven bewies. Ich schlängelte mich durch die Menschen, bis ich eine Lücke zwischen den Autos fand.
»Boj!« schrie ich wie verrückt. »Boj, mein lieber Boj, Boj, Boj!«

Ich glaube, die ganze Straße blieb stehen. Aber auf alle Fälle blieb Boj mit dem Wägelchen stehen, vor das er gespannt war. Er hob den Kopf und bellte ganz jämmerlich mit weinerlicher Stimme. Boj blockierte den ganzen Verkehr auf der Hauptstraße von Mikulasch. Wegen des Gegenverkehrs konnten die Autos nicht um ihn herumfahren.
Vom Gehsteig kam jetzt ein Junge heran. Er hatte eine blutverschmierte Schürze umgebunden. Mit seiner großen Hand schlug er Boj auf den Rücken. Boj zog an, und die Leute begannen zu lachen. In diesem Augenblick kam ich wieder zu mir. Ich pfiff lange und kräftig auf den Fingern. Boj zuckte zusammen, wedelte mit dem Schwanz und schoß mit dem Wägelchen direkt auf mich zu. Quer über die Straße! Der Wagen schwankte gefährlich, neigte sich zur Seite, und unter der Plane kam eine große Rinderkeule zum Vorschein.
Ein roter Fiat bremste kreischend. Der Junge mit der blutverschmierten Schürze sprang mitten auf die Straße, packte das Fleisch, schwang es wie eine Riesenkeule und jagte auf uns zu.
Ich hatte meine Arme um Bojs schmutzigen Hals geschlungen. Er leckte mich ab, legte die Pfoten auf meine Schultern und bellte mir in die Ohren. Er benahm sich wie ein Verrückter.
»Der ist tollwütig«, schrien die Leute, »er beißt den Jungen. Holt die Polizei. Der muß erschossen werden!«
Glücklicherweise trat jetzt Onkel Jaroslav in Erscheinung.
Er sprach von der sichtbaren Freude des Hundes, vom verlorenen Sohn (ich wußte nicht, ob er damit Boj oder mich meinte),

von der vornehmen Aufgabe der Bernhardiner, Menschen aus den Gefahren der Berge zu retten. Die Leute hörten ihm zu. Und auch der blutverschmierte Junge legte die Rinderkeule zur Seite und machte es sich bequem.
Als der Onkel aber von den gewissenlosen Menschen berichtete, die edle Tiere stehlen, warf der Junge die Rinderkeule auf die Plane und sagte wütend: »Nun halt aber die Klappe, Alter. Ich kann beweisen, daß das mein Hund ist. Er ist ein friedliches Zugtier. Aber wenn ihn solche hergelaufenen Kerle anlocken ... Los, Havran!«
Er gab Boj einen Stoß und drehte sich dann zu mir um: »Weg, du Gammler«, schrie er, »oder ich ruf die Polente!«
Der Junge zog Boj über die Straße, und dieser Trottel von Hund zog gehorsam den Wagen. Er blickte zu mir, bellte und wedelte mit dem Schwanz, damit ich ihn bewundern sollte, wie gehorsam er den Wagen zog.
Dieser elende Trottel von einem Hund! Ich habe ihm beigebracht, leichte Schlitten durch den Pulverschnee zu ziehen. Und da läßt sich dieser Dummkopf vor einen dreckigen, blutverschmierten Wagen spannen. Und saubere Herren hat er in dieser widerlichen Stadt gefunden, Metzger, die nicht einmal wissen, daß Havran, ein Rabe, schwarz ist und nicht gelb-weiß wie unser Boj. Wenn man ihn jetzt allerdings ansieht, fehlt zur schwarzen Farbe nicht mehr viel. So verdreckt ist Boj.
Weder der Onkel noch ich ließen uns verjagen. Wir gingen neben dem Wagen her. Der Junge zog ein Messer aus der Tasche und säbelte ein Stück von der Rinderkeule ab. Er warf es Boj zu, damit die Leute sahen, wie gut er mit dem Hund umgehen konnte. Und dieser Hundetrottel fraß es. Wie ein Sklave nahm er den schmutzigen Abfall vom Metzgerwagen. Das würde Strasch nie tun. Der verkauft sich nicht um ein Stück Fleisch. Er ist nicht so klug wie Boj, aber er hat Stolz und Ehrgefühl. Boj hat Verstand für zehn Hunde, aber einen miserablen Charakter.
»Du brauchst dich nicht über den Hund zu wundern«, sagte der

Onkel. »Die Menschen sind auch nicht anders. Die bringen für einen vollen Fleischtopf ihre eigene Mutter um.«
Aber Strasch ist anders.

»Was machen wir jetzt?« fragte ich. »Ich habe ein Messer. Ich könnte die Riemen durchschneiden und mit Boj aus der Stadt gehen. Da warten wir dann auf dich.«
»Hör auf!« schrie der Onkel. »Dieser Zirkus vorhin auf der Straße hat mir gereicht.«
Mir auch. Der Onkel hatte diesen Zirkus doch selbst veranstaltet. Warum mußte er denn einen großen Vortrag über den verlorenen Sohn halten? Aber laufen kann er nicht. Das ist es eben. Wenn ich mit Boj allein wäre, dann wären wir schon längst aus der Stadt. Aber ich wußte auch nicht, ob auf Boj Verlaß war. Wenn der Junge ihn mit einem Stück Fleisch locken würde, dann würde Boj mich wahrscheinlich verraten und im Stich lassen.
So war es wohl doch besser, wenn ich auf den Onkel hörte und das Messer in der Tasche ließ.
»Man muß diplomatisch vorgehen«, sagte der Onkel wichtig.

Schließlich gelangten wir zu der Metzgerei. Würdevoll ging Onkel Jaroslav mit dem Jungen in den Laden. Ich spannte inzwischen Boj aus. Und dann hatte ich wieder Lust, die Beine unter den Arm zu nehmen und mit dem Hund loszurennen.
Aber Onkel Jaroslav konnte offenbar Gedanken lesen, denn er sah zur Tür heraus und drohte mir: »Du rührst dich nicht vom Fleck! Wir sind keine Verbrecher, die es nötig haben, ihren eigenen Hund zu stehlen.«
»Der gehört mir!« schrie der Junge.
»Das wird sich zeigen«, sagte der Onkel. »Es gibt noch Gesetze in unserer Republik. Wir werden unser Recht schon bekommen.«
Ich war allerdings wirklich neugierig, wie.

Boj begann herumzuschwänzeln und schielte auffällig zur Metzgerei. Natürlich begriff ich sofort, worum es ihm ging. Ich schimpfte ihn aus und erklärte, daß damit jetzt Schluß sei. Vorsichtshalber stellte ich mich vor die Tür.
»Also nehmen wir einmal an, das sei Ihr Hund«, sagte der Metzger. »Das können wir Ihnen glauben oder nicht ...«
»Sie glauben uns also nicht?« Der Onkel schlug entsetzt die Hände zusammen. »Sie glauben, wegen eines fremden Hundes wären wir vom anderen Ende der Welt quer über die Berge hierhergekommen?«
»Also nehmen wir an, der Hund gehört Ihnen«, sagte der Metzger. »Dann nehmen Sie ihn um Himmels willen mit. Wir werden glücklich sein. Wir haben immer wieder versucht, ihn wegzujagen. Aber er hat sich wie ein Blutegel an uns geklebt. Wir haben ihn ordentlich gehalten. Aber der frißt so viel, der würde sogar eine Großschlachterei in Bratislava arm fressen. Der würde am liebsten jeden Tag ein ganzes Schaf fressen.«
»Das hätten Sie lieber nicht sagen sollen«, meinte der Onkel. »Es ist noch ein junger Hund. Von klein auf ist er nur mit Milch und Gemüse aufgezogen worden.«
Toll, was sich der Onkel da alles ausdachte. Aber jetzt sollte er endlich aufhören, sich herumzustreiten. Jetzt nehmen wir Boj und hauen ab. »Ein ganz fauler, verzogener Hund«, brummte der Metzger.
Ich nahm Boj um den Hals und schrie in den Laden: »Faul soll der sein? Faul? Um den Wagen zu ziehen, dazu war er nicht zu faul. Das ist ein Bernhardiner. Bernhardiner sind dazu da, um Menschen zu retten. Und jetzt haben Sie ihn verdorben, weil er nämlich nie Fleisch fressen darf. Sie haben ihn verdorben. Aus dem wird nie wieder ein Rettungshund.«
Was ich da gesagt habe, stimmte nicht ganz. Bernhardiner dürfen zwar Fleisch bekommen, aber nicht in ihrem ersten Lebensjahr. Dann würden sie nämlich verwildern. Dann wären

sie keine Lebensretter mehr, sondern Jäger. Und als Jagdhunde wären sie sehr gefährlich. Mit ihrer Körperkraft und den schrecklichen Zähnen würden sie sich sogar an Hochwild wagen. Es stimmte also nicht ganz, denn Boj war schon zwei Jahre alt. Und zu Hause stiehlt er auch oft den Touristen Wurst.

Aber ich stellte mir vor, wie Boj in den Bergen einen verschütteten, verwundeten Skiläufer findet, den er retten soll. Nicht, daß er dem Verletzten an die Kehle springen würde, das nicht. Aber ich fürchtete, er würde zuerst Rucksack und Taschen durchschnüffeln, ob vielleicht Fleisch drin ist. Und wenn er dann nichts findet, dann ist ihm die ganze Rettungsaktion schnuppe, und er läuft nach Hause.

»Eigentlich können wir ja jetzt gehen«, sagte der Onkel. Er war mit dem Ergebnis seiner diplomatischen Verhandlungen zufrieden.

»So einfach ist das nun auch nicht«, sagte der Metzger. »Recht muß Recht bleiben. Sie zahlen mir für die Verpflegung des Hundes fünfzig Kronen. Dann können Sie ihn mitnehmen.«

»Sie überraschen mich«, sagte der Onkel diplomatisch. »Nun gut, dann halte ich mich auch an den Buchstaben des Gesetzes. Sie haben ihn verpflegt. Aber zwei Wochen lang war der Hund Ihr Angestellter. Und es gibt genug Zeugen dafür, wie der Hund sich abrackern mußte. Nach dem Buchstaben des Gesetzes schulden Sie ihm Lohn. Sie berechnen uns fünfzig Kronen für die Verpflegung. Bitte! Wir berechnen für seine Arbeitskraft hundert Kronen. Ich wollte gar nicht davon anfangen. Aber wenn Sie selbst davon anfangen, dann müssen wir auf die Zahlung der restlichen fünfzig Kronen als Lohn für den Hund bestehen.«

»Haha«, lachte der Metzger, »Arbeitskraft! Unser Fleisch holen wir mit dem Lieferwagen. Nur die kleinen Bestellungen hat er gelegentlich ausgefahren.«

»Natürlich«, sagte der Onkel, »Hund bleibt Hund. Das Fleisch von zehn Ochsen kann er ja wohl auch nicht auf einmal ziehen. Betrachten wir die Sache mal von der anderen Seite ...«
So stritten sie sich noch eine Weile herum. Aber schließlich einigten sie sich, daß keiner dem anderen etwas zu zahlen hatte. Und dann dauerte es immer noch eine ganze Zeit, bis der Onkel kam. Der Metzger begleitete ihn heraus und gab ihm noch ein Pfund Schinkenwurst mit auf den Weg. Zu Boj sagte er: »Wenn dich dein Weg wieder mal nach Mikulasch führt, dann besuch uns doch. Wir werden dich auch mit Milch und Gemüse bewirten.« Dabei lachte er wie irre. Und auch Onkel Jaroslav lachte. Wie zwei Füchse, die erkannt haben, daß der eine genauso schlau ist wie der andere, gaben sie sich die Hand.
Boj mußte sich schrecklich zusammennehmen, daß er sich nicht noch einmal nach dem Metzgerladen umsah. Er litt Höllenqualen, aber er hielt durch. Er ist klug, und er hat einen schlechten Charakter. Ich mag so ein Tier. Ich weiß auch nicht, warum.

Singend kamen wir drei, Onkel Jaroslav, Boj und ich, bei der Hütte an. Gabka war auf der Wiese und kam gelaufen und umarmte Boj, und Strasch stürzte herbei und stieß Boj vor Freude um.
In der Hütte waren sie alle furchtbar beschäftigt. Ich glaubte, es sei deshalb, weil es in dem überfüllten Speiseraum wie in einem Wespennest zuging.
Erst am nächsten Morgen erfuhr ich, warum sich eigentlich niemand richtig um uns kümmerte und man uns auch gar nicht richtig begrüßte. Onkel Jaroslav hatte es sich in der Küche bequem gemacht und erzählte immer wieder von unseren Hel-

dentaten. Als er schließlich merkte, daß ihm niemand zuhörte, kam er zu mir auf Zimmer fünfzehn. Da haben wir uns dann gewaschen und umgezogen.
Und am nächsten Morgen verriet Gabka mir dann, daß jemand erwartet würde. Sie wußte aber auch nicht, wer. »Vuk hat doch einen Brief bekommen«, sagte sie. So konnte es also nur Jana sein. Denn nur die schreibt ihm Briefe.
Ich erinnerte mich, daß gestern in der Küche alles drunter und drüber ging, daß Vuk der Mamka immer wieder etwas ins Ohr flüsterte und daß er mit Vater etwas besprochen hatte. Ich hatte verstanden, daß sie mit dem Citroën irgendwohin fahren wollten. Vuk nahm auch alle schmutzigen Schuhe vom Gang weg, und ich konnte meine Gummistiefel nicht finden, als Gabka und ich Boj saubermachen wollten.
Zuerst haben wir am Springbrunnen drei Kübel Wasser über den Hund geschüttet, und dann haben wir Waschpulver drübergestreut. Gabka wischte ihm die verklebten Augen aus und seifte ihm das Gesicht, die Pfoten und den Schwanz ein. Boj ließ wie ein Lamm alles über sich ergehen. Aber als ihm das Waschpulver in die Augen kam, sprang er ins Bassin und steckte den Kopf unter Wasser.
Dann sahen wir, daß Vuk auf uns zukam.
Boj sprang über den Rand des Bassins, schüttelte sich und war verschwunden. Auch wir wollten uns unauffällig verdrücken, aber es war schon zu spät.
»Was soll denn das?« schrie Vuk wütend.
»Was denn?« sagte ich unschuldig. »Wir kämmen Boj.«
»Und macht das Wasser dreckig.«
»Hu«, rief Gabka, »es ist tatsächlich ganz schmutzig. Lauter Seife!«
Typisch Gabka! Sie selbst hatte Boj eingeseift, und jetzt wollte sie mir alles in die Schuhe schieben. Natürlich war Boj schmutzig gewesen, und darum konnte auch das Wasser jetzt nicht sauber sein.

»Du Lümmel«, tobte Vuk. »Ist der Springbrunnen etwa eine Badewanne für schmutzige Hunde?«
»Der Springbrunnen ist eine Zierde«, sagte Gabka. Ich überlegte mir, wo sie das feine Wort her hatte. »Er springt in die Luft. Und Fische schwimmen darin.«
Fische! Ich erschrak.
»Vielleicht sind gar keine drin«, sagte ich.
»Vielleicht sind gar keine drin?« schrie Vuk. »Vierzehn Forellen sind drin.«
»Die alte auch. Die alte Forelle ist auch drin«, sagte Gabka.
Sie hatte es also gewußt und keinen Mucks gesagt. Sie hatte Boj einfach das Wasser versauen lassen. Ich beugte mich über den Rand des Bassins und suchte nach der Alten. Aber das Bassin war ziemlich klein und Boj ziemlich groß. Durch das Waschpulver war das Wasser so trübe geworden, daß man überhaupt nichts erkennen konnte.
»Vielleicht kann sie nicht mehr atmen«, sagte ich erschrokken.
»Versuch du mal, Seifenwasser zu trinken«, brummte Vuk. Er zog seine Schuhe aus, stieg ins Bassin und öffnete den Abfluß.
Eine Stunde später zappelte die alte Forelle auf dem grünen Grund des Bassins. Sie war über einen halben Meter lang. Zweimal säuberte Vuk das Becken mit dem Schlauch. Dann ließ er frisches Wasser einlaufen.
Alles für Jana!
Und dann stellte Gabka fest, daß das Baden dem guten Boj nicht viel genützt hatte.
In seinem dichten wolligen Pelz spazierten große Hundeflöhe herum. Sie hatten das Waschpulver und das Untertauchen überlebt. Dagegen half nur noch Petroleum.

Nachmittags mußten wir in die Himbeeren gehen. Das ist immer ein untrügliches Zeichen, daß die Schule bald wieder anfängt. Denn am Ende der Ferien kocht die Mutter Marmelade und Himbeersaft für Tante Mohylov, bei der unser Vuk in Stiavnice wohnt.

Vladko und seine Eltern sind mit dem rosaroten Spartak abgefahren. Sie wollten mich tatsächlich für ein paar Tage mit nach Bratislava nehmen. Aber weil ich in Mikulasch war, sind sie ohne mich abgefahren. Mich stört das nicht. Ich möchte zwar gern einmal Bratislava sehen, aber Vladko kann ich nicht leiden, und mit ihm möchte ich auch keine aufregenden Dinge erleben. Ich hätte in Bratislava zwar die Donau gesehen und die Burg, und ich weiß nicht, was noch alles. Aber das hätte mir doch nicht gefallen, wenn es mir von jemandem gezeigt wird, den ich nicht leiden kann.

Onkel Jaroslav redete den ganzen Abend auf Mamka ein, sie möchte doch Vater dazu bringen, ihn anzustellen. Ich überlegte mir, was der Onkel denn bei uns für Arbeit verrichten wollte. Er erklärte, er werde im Herbst für die ausländischen Jagdgäste dasein. Solche feinen Herren aus dem Ausland wollten nicht nur satt zu essen haben und sich ausschlafen, sondern die wollten sich auch nach dem Abendessen mit einem gescheiten Einheimischen unterhalten. Und dafür fände Vater bestimmt keine bessere und geeignetere Kraft als ihn, den Onkel Jaroslav. Der liebe Onkel dachte sich dafür ein Gehalt von 1200 Kronen.

Ich fand, daß das ziemlicher Blödsinn war. Und ich bedauerte Mamka, als ich mir überlegte, wie sie das Vater beibringen wollte. Aber Mamka sagte: »Da mußt du dich an das Touristenbüro wenden, Jaroslav. Wir sind schließlich alle nur Angestellte des Touristenbüros. Mein Mann ist zwar hier der Leiter, aber solche Entscheidungen darf er gar nicht treffen. Und außerdem – was würde denn Iveta ohne dich anfangen?«

Tante Tylda erwähnte sie glücklicherweise nicht. Aber immerhin kochte sie nachts für sie Marmelade ein. Warum eigentlich? Sollte die sich doch selbst welche einkochen. Meine Mamka hatte auch so genug zu tun. Wann zum Beispiel konnte sie sich schon mal im warmen Moos ausruhen? Wenn sie wirklich einmal Zeit hat, schaut sie lieber nach den Kartoffeln aus Benuschov oder putzt die zweiundsiebzig Fenster der Veranda. Livas Mutter steht nicht immer in der Küche. Die haben eine Köchin. Livas Mutter zieht sich nette Blue jeans an und geht ins Büro, um die Rechnungen auszuschreiben. Und wenn es ihr im herbstlichen Nebel zu langweilig wird, fährt sie nach Pistian und besucht dort die Hotelschule. Und Liva ist dann in Brezna.

Und vielleicht spielt Liva dort auf der Mundharmonika. Und vielleicht würde sie dann auch für mich noch spielen. »Wir spielen, wir spielen auf dem Banjo.« Schön wäre es.

Ich liege im duftenden Moos und sehe durch die Baumkronen den Himmel. Wenn ich wenigstens das Gedichtheft von Vuk hier hätte. Einige von den Gedichten würde ich jetzt schrecklich gern lesen. Zum Beispiel »Es heult die Trauer durch die Kronen, schwarzes Gewürm, es kriecht und kriecht«.

Es ist mir inzwischen längst klargeworden, daß dieses schwarze Gewürm auch die Traurigkeit bedeutet. Alles Schwarze ist traurig. Auch das neue Gedicht würde ich gern lesen, das damals entstand, als Vuk nicht nach Ruschomberok durfte. Das ganz besonders.

Am schönsten wäre es natürlich, wenn ich eigene Gedichte schreiben könnte. Aber das kann ich eben nicht. Wenn ich nur jemanden finden würde, der mir beibringt, wie man Gedichte schreibt. Allerdings dürfte Gabka sie dann nicht lesen. Überhaupt keiner. Auch ich werde nie mehr Vuks Gedichte lesen. Nur, wenn er selbst sie mir gibt. Und das wird er nie tun.

Heute schlafen wir bei den Eltern auf dem Fußboden, die Fünfzehn müssen wir räumen«, sagte Vuk.
»Warum denn?« fragte ich. Vuk antwortete nicht. Aber ich wußte es ja auch ganz genau. Alle Zimmer waren belegt. Und nun kam Jana mit ihren Eltern.
Ich konnte mir vorstellen, wie selig Mamka war, daß Vuk ein so ordentliches Mädchen gefunden hatte.
Haha, ordentlich! Wenn sie Lust hatte, dann schrieb sie ihm, und wenn sie keine hatte, dann eben nicht. Aber Mamka denkt nur daran, daß die Eltern Jana nicht allein in die Berge lassen. Mamka bedauert alle Eltern, deren Töchter sich mit Jungen in Zeltlagern herumtreiben.
Ich habe auch einmal eine bedauert (nicht ihre Eltern, sondern sie selbst). Die kam ziemlich spät am Abend in die Hütte, nur mit einem Brotbeutel und ganz leicht angezogen, und bat Vater, sie über Nacht dazubehalten. Ich hörte, wie sie Mamka etwas erzählte und in der Nacht weinte. Am schlimmsten aber war, wie dann am nächsten Morgen eine ganze Bande vor die Hütte kam, Jungen und Mädchen. Die riefen: »Zeig dich uns, heilige Jungfrau von Orleans!« Als sie dann herauskam, haben sie das Mädchen mit ihren Sachen beworfen.
Ich lief, um Vuk zu suchen, damit er ihnen die Meinung sagte. Aber inzwischen nahm dann doch einer von der Bande das Mädchen in Schutz. Der ging dann auch mit ihr zum Bus und fuhr mit ihr nach Hause.
Ich weiß, daß das für die alle ein Spaß gewesen ist. Aber ich meine, wenn jemand weint, hört der Spaß auf, dann ist es eine Gemeinheit.
Da ist also Vuks Jana anders. Mutters Schürzenkind! Die will auch nicht im Zelt schlafen. Da könnte ihr ja vielleicht ein Ohrwurm ins Ohr kriechen. O weh, o weh!

Ich bin wirklich neugierig auf diese Person.
Ich ging in das kleine Zimmer der Eltern hinter der Küche, um zu sehen, ob auf dem Fußboden überhaupt Platz für uns drei war. Iveta saß dort und schrieb Briefe an die teure Mama.
Da läutete das Telefon. Ich nahm den Hörer ab.
»Hallo, wer ist dort? Melden Sie sich. Ist dort der Generalstab?«
Ich erkannte sofort, daß es mein Mitschüler Descho aus Myta war.
»Hauptquartier der Partisanen, Generalissimo Djuro Trangosch«, schrie ich zurück.
»Wie geht es dem Generalissimus?« blödelte Descho weiter. Aber dann sagte er schnell: »Der Vater kommt schon. Für euch ist ein Telegramm gekommen. Ruf mich später an!«

Das Telegramm war kurz. Aber, weiß Gott, es war wichtig. »Adresse: Trangosch Josef«, diktierte der Postmeister, »Text: Wegen Erkrankung reisen wir nicht. Unterschrift Jara oder Jura oder Jana. Aufgegeben in Ruschomberok um 11 Uhr 05. Hast du es dir aufgeschrieben? Wie geht es deinem Vater? Grüß ihn von mir.«
Ich antwortete im Telegrammstil: »Schon notiert. Vater geht es gut, Grüße richte ich aus, stop. Geben Sie mir bitte Descho!«
Wegen Erkrankung! Das war ja eine schöne Nachricht für Vuk. Und das gäbe auch ein schönes Gedicht:

Es blies ein kleiner Wind mich an,
daß ich zu Vuk nicht kommen kann.

Das war vielleicht ein feines Gedicht. Ich probierte es gleich weiter:

Weil ich eine nasse Nase habe zur Zeit,
muß Vuk ein Taschentuch legen bereit.

So ein Blödsinn. Wenn mir doch wenigstens zum Lachen wäre. Ist es aber gar nicht. Jana war krank, und Vuk wird wieder traurig sein.
»Wie geht es Ihren Soldaten, Generalissimus?« quatschte Descho ins Telefon.
»Ausgezeichnet, Brüderchen«, sagte ich.
»Stell dir vor«, sagte Descho, »in einer Woche geht die Schule wieder an.«
»Und stell dir vor«, sagte ich, »vielleicht mache ich in dieser Woche noch einen Sprung nach Bratislava.«
»Und ich, stell dir vor, mache einen Sprung nach Prag.«
»Aber mich will wirklich jemand nach Bratislava mitnehmen. In einem rosaroten Spartak, stell dir vor!«
»Mich holt einer von der Prager Burg. In einer silbernen Kutsche, stell dir vor.«
»Dann hau doch ab, Idiot!«
»Erst nach dir, Idiot!«
In diesem Augenblick zog mich Iveta an den Ohren und lief aus dem Zimmer.
»Jetzt ist die Luft rein«, sagte ich ins Telefon.
»Wer war denn da?«
»Nur meine Kusine.«
»Welche?« stotterte Descho.
»Keine Sorge, es war nicht Zuza«, sagte ich.
Meine Kusine Zuza aus Benuschov hatte ihm im vorigen Jahr sehr gefallen. Descho gefällt jedes Mädchen. Er ist ein Schürzenjäger. Was der mir schon für Geschichten erzählt hat. Nur daß sie alle genauso wahr sind wie die von der Prager Burg. Als er im vorigen Jahr mit Zuza zusammentraf, wurde er krebsrot und brachte kein Wort mehr heraus. Aber nachher in der Schule hat er dann erzählt, daß er im Sommer auf der Hütte ein Mädchen gehabt hätte. Und damit war unsere Zuza gemeint.
»Grüß sie von mir«, sagte Descho. Er mußte schon wieder angeben.

»Wen?« fragte ich.
»Deine Kusine natürlich.«
»Gut«, sagte ich. »Sie ist drei Jahre alt.« Ich machte Iveta um sieben Jahre jünger.
»Na und?« schnaubte Descho. »Hast du was gegen dreijährige Kinder?«
In diesem Augenblick kam offenbar sein Vater dazu.
»Also bis bald, Generalissimus«, sagte Descho.
»Bis bald, Brüderchen«, sagte ich und hängte ein.

Jula regte sich darüber auf, daß ich noch keine Matratzen angeschleppt hatte.
»Du kannst die Bettücher wieder zurücktragen«, sagte ich. »Der Besuch ist abgeblasen. Da siehst du mal: Wer schnell arbeitet, muß doppelt arbeiten, und wer langsam arbeitet, der braucht überhaupt keine Matratzen zu schleppen.«

Vuk wollte es mir zuerst gar nicht glauben. Er rief den Postmeister an und ließ es sich von ihm bestätigen. Dann ging er in die Berge. Er ging über den Marmanec, wo Gabka und ich auf der Bank saßen und Butterbrote mit Zwiebeln aßen. Pfeifend ging er an uns vorbei. Aber ich sah, daß er in die Berge ging wie ein krankes Reh.
Wenn ein Reh krank ist oder von einem Jäger verwundet, dann trennt es sich vom Rudel und geht allein in die Berge. Es sucht sich einen geschützten Platz, wo es von niemandem gestört wird, legt sich hin, frißt nichts, sondern liegt nur still da und wartet auf seine letzte Stunde. Manchmal kommt es auch vor, daß es wieder gesund wird. Dann beginnt es langsam, das Gras um sich herum zu fressen. Wenn es dann wieder auf den Beinen stehen kann, bleibt es noch eine Zeitlang allein. Und erst wenn es sich wieder gesund und kräftig fühlt, kehrt es zu dem Rudel zurück.

So ein Held bin ich nicht. Als ich einmal Zahnweh hatte, habe ich gejammert, und Mamka hat mir die ganze Nacht warme Salzbeutel auf die Backe gelegt.
Eine Stunde bin ich Vuk gefolgt. Dann gab ich es auf und ging, natürlich auf einem anderen Weg, wieder zurück. Da sah ich Vuk auf einer Lichtung. Er lag mit aufgestützten Ellbogen flach auf dem Boden zwischen den Heidelbeersträuchern und pflückte sich die schwarzen Beeren. Ich ging zu ihm, legte mich auch so hin wie er und stützte mich auf die Ellbogen.
Ich sah ihn an. Er öffnete den Mund und legte sich langsam die schwarzen Heidelbeeren auf die schwarzen Lippen. Ich spürte deutlich, wie sehr ihn die Sache mit Jana getroffen hatte.
Die Lichtung lag schon ziemlich hoch. Der Hang fiel steil ab. An den Tannen hingen noch dunkelrote Zapfen. Sie bewegten sich langsam wie Glocken hin und her. Wenn Schnee gefallen wäre, hätte man glauben können, es sei Weihnachten.
»Es wird einen harten Winter geben«, sagte ich zu Vuk.
»Ich weiß nicht. Warum?«
»Es wird bestimmt einen harten Winter geben. Jedenfalls hier bei uns.«
»Und anderswo?«
»Anderswo, das weiß ich nicht. In Ruschomberok ist vielleicht Matsch.«
»Wirklich?« sagte Vuk.
»Ja«, sagte ich, »sicher ist dort Matsch. Aber hier wird es einen Schnee geben ... ojojo.«
»Was willst du denn mit ojojo sagen?« Vuk mußte lachen.
»Ich will damit sagen ... aber ich habe Angst ...« Ich hielt mir den Kopf.
»Ojojojo ...«
»Nur Mut, du Bändiger der Metzger von Mikulasch«, sagte Vuk lachend.

»Na ja«, sagte ich, »da könnte doch Jana Weihnachten zum Skilaufen kommen. Ojojojojo!«
Ich hielt mir den Kopf, als müßte ich ihn vor einer Ohrfeige schützen.
»Gar keine schlechte Idee, Brüderchen«, sagte Vuk.
Er stand auf, vertrat sich die Beine, und wie ein genesenes Reh ging er heim, zurück zum Rudel.
Langsam ging ich hinter ihm her.

Onkel Jaroslav und Iveta fuhren ab. Auch all die anderen Gäste, die Schulkinder hatten, fuhren wieder ab. Onkel Jaroslav fuhr mit dem gelben Betriebsauto. Das ist ein Autobus, der Betriebsangehörige in den Urlaub fährt. Vater hatte ihm das vermittelt, und Mamka mußte schnell die Sachen von Iveta zusammenpacken. Der Onkel war froh, daß er für die Fahrt nichts zu zahlen brauchte, aber er war gar nicht froh, daß er wegfahren mußte. Er versuchte den Busfahrer dazu zu überreden, daß er erst am Abend fuhr. Dann würde der Motor besser ziehen, und auch die Straßen seien nicht so voll. Der Fahrer lachte und sagte, darüber könne er nicht bestimmen. Er müsse am Morgen fahren, und er nähme auch an, daß die Frauen nun nach Hause wollten, denn sie müßten ja zum Schulbeginn noch etliches vorbereiten.
»Hat man das schon mal erlebt?« sagte der Onkel ärgerlich. »Am Morgen aus den Bergen fahren! Und an einem so schönen Tag. Die haben alle gar keinen Sinn für die Natur. Die kommen hier an, essen, trinken, schlafen, und dann geht's wieder heim. Sonst interessiert die nichts.« Er brummte vor sich hin und schimpfte auf die ganze Welt.
Mir gefiel es, daß der Onkel gar keine Eile hatte, zu seiner

Tylda zu kommen. Am liebsten wäre er mit Boj in die Himbeeren gelaufen und hätte darauf gehofft, daß der Vater und alle Fahrer aller Betriebsautos ihn vergessen würden. Und am liebsten wäre er bis zum Oktober bei uns geblieben, bis die Hirschbrunft beginnt und die Gäste sich nach dem Abendessen einen gescheiten Einheimischen zur Unterhaltung bestellen. Dann würde er den Ausländern selbsterfundene Geschichten erzählen. Das würde ihm Spaß machen.
Aber als der Autobus gerade abfahren wollte – Iveta saß schon lange drin –, kam der Onkel mit seinem Koffer angelaufen und erwischte ihn gerade noch.

»Schade um diesen Mann«, sagte Mamka. »Nicht zu glauben, wie der ohne Arbeit leben kann.«
»Aus einem Hund wird kein Löwe und aus einem Wolf kein Lamm«, sagte Vater.
»Wer weiß«, meinte Mamka, »vielleicht ist nur seine Frau dran schuld.«
»Die sind beide gleich«, sagte Vater. »Das sind beide hoffnungslose Taugenichtse.« Und damit meinte er, daß sie die allerfaulsten Menschen wären.
»Vielleicht wird Onkel Jaroslav einmal berühmt«, sagte ich, »weil er sein ganzes Leben ohne Arbeit auskommt.«
»Das ist in der heutigen Zeit kein Kunststück«, erklärte Vater. »Das bringt jeder fertig. Aber du solltest dich lieber um die Schule kümmern. Das ist deine Arbeit!«
Ich hätte es allerdings auch ohne Schule aushalten können. Ob für immer, weiß ich nicht. Aber bestimmt für einen Monat.

Nun war es ziemlich leer geworden bei uns. Nur auf der Terrasse saßen noch ein paar Leute. Vater kam aus dem Büro und sagte Mamka, wie viele Essen ausgegeben werden müßten. Daraufhin nahm sie wieder zwei Liter Wasser aus dem Topf,

den sie schon auf den Herd gestellt hatte, und schnitt den Rostbraten auf.
Dann sagte sie zu Jula: »Was meinst du? Ich würde ganz gern ein bißchen an die frische Luft gehen. Unter den Sprnagel, um nach den Kartoffeln zu sehen.«
Die Kartoffeln interessierten Jula nicht. Außer dem Flieger interessierte sie fast überhaupt nichts. Sie lachte. »Natürlich, gehen Sie nur. Es genügt ja, wenn Sie zum Essenausgeben wieder zurück sind. Ich habe sonst doch nichts zu tun.«
Das war mal wieder große Angabe. Denn sie freut sich immer, wenn sie keine Arbeit hat. Dann setzt sie sich in ihre Kammer und zählt ihr Geld, um zu sehen, ob es schon für die Aussteuer reicht. Oder sie häkelt irgendwelche Deckchen.
Mamka zog sich um, trieb die ganze Familie zusammen und ging zum Sprnagel. Aber ich wollte nicht mitgehen. Ich versprach, dafür Jula beim Kartoffelschälen zu helfen. Mamka war sehr überrascht, aber dann ließ sie mich zu Hause.
Ein bißchen leid tat es mir, daß ich nicht mitging. Denn es war eigentlich der Abschiedsspaziergang für Vuk. Nach dem Essen würde Vater ihn nach Stiavnice bringen. Aber ich wollte nicht weggehen, denn es konnte ja sein, daß Esta und Liva zufällig bei uns vorbeikamen. Und wie würde das aussehen, wenn keiner zu Hause war!

Beim Kartoffelschälen unterhielten Jula und ich uns über die Katze Schofa, die sich seit einigen Tagen nicht mehr hatte blikken lassen. Vielleicht hatte sie der Stimme der Wildnis nicht widerstehen können und war deshalb verschwunden. Und wer konnte wissen, ob sie überhaupt zurückkam? Vielleicht ließ sie sich diesmal von ihrem Wildkater überreden und blieb bei ihm. Ich hätte es ihr sogar gewünscht. Ich wußte bloß nicht, wie sie den Winter überstehen würde, denn da oben gibt es bestimmt keinen Ofen..
Dann sprachen wir davon, daß Jula den Flieger heiraten

würde, und ich sagte, ich fände das in Ordnung. Jula machte sich Sorgen, daß irgendein Flittchen ihr den Flieger wegschnappen könnte, denn er sei doch so hübsch. Ich tröstete sie und sagte ihr, da brauche sie nun wirklich keine Angst zu haben, ich fände ihn überhaupt nicht hübsch. Jula lachte und sagte: »Ich bin bloß gespannt, was du dir einmal für eine Schönheit aufgabeln wirst.«

»Mich interessieren die Weiber überhaupt nicht«, erklärte ich.

»Na, zum Beispiel die Esta von der Povstalecka-Hütte«, sagte Jula, »findest du die nicht schön?«

»Ich weiß nicht, ich habe sie mir eigentlich nie richtig angeschaut.«

»Ich habe gehört, daß die Eltern Kummer mit ihr haben«, sagte Jula. »Sie ist noch nicht mal siebzehn und hat schon einen Verehrer. Kellner ist er. Deshalb haben sie sie in diesem Sommer zu einem Praktikum in die Tatra geschickt, damit sie ihn leichter vergißt.«

»Warum soll sie ihn denn vergessen?«

»Weil der für die Esta keine Partie ist«, sagte Jula. »Für die käme nur so ein Doktor oder Ingenieur in Frage.«

Was war das bloß für Unsinn. Wozu brauchte Esta einen Doktor oder Ingenieur, wenn sie doch einmal im Hotelbetrieb sein würde?

»Die jüngere Schwester, die Liva, wird eine richtige Schönheit«, sagte Jula. »Aber die hat's faustdick hinter den Ohren.«

Wenn Jula einmal anfing zu tratschen, dann hörte sie überhaupt nicht mehr auf. »Weißt du was«, sagte ich, »ich gehe mal einen Augenblick runter an den Bach.«

»Würde dir die nicht gefallen?« stichelte Jula.

»Ich geh nur um die Hütte rum«, sagte ich. »Wenn jemand kommen sollte, dann ruf mich.«

»Wer sollte denn kommen?« fragte Jula erstaunt.

»Na ja, Mamka und die anderen.« Ich ging schnell weg. Gerade der Jula würde ich was erzählen!

Ich ging zum Bach hinter der Hütte und stieg den Berg hinauf bis zu der Stelle, von wo man die Povstalecka-Hütte sehen konnte. Die Unterhaltung mit Jula war mir auf die Nerven gegangen. Ihrer Meinung nach waren alle anderen Mädchen Flittchen. Sogar über die arme Liva, die im September in die siebte Klasse kommt, mußte sie herziehen. Ich brauchte mir solche Gemeinheiten nun wirklich nicht anzuhören. Für Jula waren alle Mädchen unmöglich, die nicht wie sie selbst dasaßen und schreckliche Deckchen häkelten.
Ich möchte schon mit Liva leben. Aber mit Jula leben – vielen Dank!
Es ging schon gegen Mittag, als ich auf dem kahlen Hügel über der Povstalecka-Hütte vier Gestalten erkennen konnte. Sie sahen winzig aus, und plötzlich hatte ich sie auch wieder aus den Augen verloren. Ich lief zur Hütte zurück, um mir Vaters Fernglas zu holen. Ich richtete es auf den Djumbier und suchte den ganzen Höhenrücken ab. Meine Hände zitterten, und ich fühlte mein Herz schlagen. Ich sah überhaupt nichts. Vielleicht hatte ich mich getäuscht.
Ich ließ die Hände sinken und atmete dreimal tief durch, wie Vuk das immer nach dem Training machte. Als ich das Fernglas wieder an die Augen nahm, schimmerte mir alles in Regenbogenfarben. »Trottel«, sagte ich zu mir selbst. Dann drehte ich langsam an der Einstellung. Die Regenbogenfarben verschwanden, und jetzt erkannte ich die Gruppe wieder. Ich erkannte einen schwarzen Handkoffer, und endlich sah ich auch Liva.
Sie ging mit vorgebeugtem Kopf, aber ich erkannte sie an ihrem von der Sonne gebleichten Haar. Das glänzte, als trüge sie eine kleine Krone von Diamanten.
Mit dem Fernglas verfolgte ich das leuchtende Haar. Ich

wollte ihr Gesicht sehen. Sie sollte mir ihr Gesicht zuwenden und mich ansehen. Aber sie ging mit vorgebeugtem Kopf weiter. Leise sagte ich: »Liva!« Da hob sie den Kopf und sah sich um. »Liva«, sagte ich noch einmal.
Und jetzt sah sie direkt zu mir her.
Ich erstarrte und ließ das Fernglas sinken. Dann lachte ich mich selbst aus. Wie konnte ich mir denn einbilden, daß sie mich gehört hatte. Aber sie blickte zu mir her, als habe sie meinen Ruf vernommen.
Ich sah wieder durch das Fernglas. Die dritte war Livas Mutter und die vierte Esta. Die betrachtete ich mir ein bißchen eingehender, aber ich fand nichts an ihr, was mich interessiert hätte. Und dann war ein Mann dabei mit einem weißen Hemd. Der trug auf dem Rücken den Koffer.

Liva schritt gleichmäßig und leicht dahin. Es war ihr nicht anzumerken, daß sie einen großen Rucksack trug. Unter dem Rucksack hing ein zusammengefalteter dunkelblauer Rock und weiter oben an den Riemen eine weiße Bluse. Wahrscheinlich, damit sie im Rucksack nicht zerknittert würden.
Liva trug lange schwarze Hosen und einen roten Pullover.

Ich dachte mir ein Spiel aus. Ich blickte durch das Fernglas zu Liva hinüber und begann ein Gespräch mit ihr. Natürlich konnte sie mich nicht hören. »Hallo, Liva, wie geht es dir?« sagte ich. »Stell dir vor, seit heute morgen warte ich auf dich.« Nein, nein, nicht so, verbesserte ich mich. Sondern so: »Stell dir vor, ich sehe dich.«
Liva schritt unbekümmert weiter. Es schien sie überhaupt nicht zu interessieren, daß ich sie sah und beobachtete. Sie ging leicht vorgebeugt, die Hände unter dem Rucksack gefaltet. »Ach, Liva, wie kann man dir denn so einen schweren Rucksack aufbürden?« Ich überlegte, ob ich ihr nicht helfen könnte. Aber wie? Und ich wußte auch gar nicht, ob sie sich helfen lassen

würde. Wie ich sie kannte, wohl kaum. »Hast du auch die Mundharmonika bei dir, Liva?«
Plötzlich blieb Liva stehen, wandte den Kopf zur Seite und verzog die Nase wie ein neugieriges Reh gegen den Wind. »Liva, du kleines Reh!«
Die anderen waren an ihr vorbeigegangen. Sie stand noch immer da wie eine Statue. Dann griff sie in die Tasche und hielt die Hand hoch. In ihrer Hand glitzerte etwas, es leuchtete wie ein riesiger Diamant. »Womit leuchtest du, Liva?«

Mit dem Spiegel! Sie fing die Sonne in ihrem Spiegel ein und warf sie hinunter ins Tal. Sie schickte sie zu uns. Zu unserer Hütte. Mir schickte sie die in dem Spiegel gefangene Sonne. Vielleicht direkt in das Fenster von unserem Zimmer fünfzehn.
Ich lief ins Haus. »Bleib noch einen Augenblick stehen, Liva! Ich fange deine Sonne. Ich schicke sie dir mit Julas großem Spiegel zurück. Bleib noch stehen!«

Als ich in die Hütte kam, fing Vater mich ab, und ich mußte die Kiste mit Marmelade und Himbeersaft ins Auto tragen. Ich war natürlich ungeduldig und stellte die Kiste so hart auf den Boden des Autos, daß die Flaschen klirrten. Das mag Vater gar nicht. Bei ihm muß jede Arbeit gründlich und ordentlich gemacht werden. Und darum mußte ich nun die Kiste noch einmal hochheben, und ich hatte schon Angst, ich müßte sie noch einmal wieder in den Keller zurückbringen. Ich machte es nun also ganz vorsichtig und stellte ganz sachte und höllisch langsam die Kiste ins Auto.
»Siehst du«, lobte Vater, »und jetzt hol eine Decke. Wir müssen die Kiste festmachen.«
Ich lief. Ich lief in die Fünfzehn. Aber Livas Sonne war nicht in der Fünfzehn. Vielleicht war die Gruppe schon hinter dem Berg. Aber das machte nichts. In einer Stunde konnten sie hier sein.

Ich nahm die Decke, und im Vorbeigehen holte ich das Fernglas aus dem Gummistiefel, versteckte es unter der Decke und brachte es in Vaters Zimmer zurück.
Vuk saß mit Gabka auf den Knien unter dem Marmanec. Er war noch nicht angezogen. Seine Zehen lugten traurig aus den Turnschuhen heraus. Aber er selbst schien keineswegs traurig zu sein.
Vuk ist selten fröhlich, aber daß er gerade an diesem Tage, wo er uns verließ, fröhlich war, das gefiel mir nicht. Ich wußte, daß er sich darauf freute, Jana in Stiavnice wiederzusehen. Aber deshalb brauchte er doch nicht so fröhlich zu sein.
Vater und ich verstauten alle Sachen im Auto und gingen dann zum Mittagessen. Mir schmeckte es nicht. Ich wollte rasch wieder zum Bach. Ich mag diese feierlichen Abschiedsessen nicht. Vater redet dann immer ernste Worte mit Vuk; Gabka kuschelt sich an ihn, und Mamka setzt sich an Vuks andere Seite.
Jetzt kuschelten sich sogar die Hunde an ihn. Das kam mir richtig blöd vor. Genauso blöd wie das lebende Bild, das wir im vorigen Jahr mit Lehrer Fukatsch zwei Monate lang einstudiert hatten.
Wir wollten mit ihm nach Brezna fahren, und dort sollten wir auf der Bühne stehen und das lebende Bild vorführen. Aber bei der letzten Probe fielen alle übereinander, weil wir so lachen mußten. Ich war ganz unten, und auf mich fielen Descho und noch drei andere. Zum Glück waren die alle leicht.
Es hätte noch gefehlt, daß Schofa unserem Vuk aufs Knie gesprungen wäre, die Hennen auf seine Schultern und die Glucke Krampulka mit den Küken auf seinen Kopf. Dann hätte ich Eintrittskarten verteilen können, und Liva mit ihrer Mutter und Esta wären die Zuschauer gewesen.
Deshalb wollte ich jetzt möglichst schnell verduften.

Auf dem Gang hörte man Schritte, schwere Schritte, und dahinter leichtere. Meine Familie saß völlig verdattert da. Was

sind wir doch für eine Familie! Erst wird ein feierliches Abschiedsessen gemacht. Und dann, wenn Gäste kommen, sitzen sie da wie Schwachsinnige.
Zum Glück fiel es Jula als erster ein, auf den Gang zu sehen. Mit lauter Stimme begrüßte sie die Familie Smirsch. Endlich stand auch Mamka auf. »Ach nein«, rief sie ziemlich dumm, »wir haben Gäste.« Vuk schnitt eine Grimasse, der Vater zwinkerte, dann stand er auf und ging langsam auf den Gang.
Ich hielt es nicht mehr aus, verschwand im Zimmer, und nichts wie raus aus dem Fenster. Strasch und Boj, diese Idioten, rannten mir nach und sprangen wie toll gewordene Kälber hinter mir her durchs Fenster.

In den Himbeersträuchern warf ich mich auf die Erde. Mir war richtig zum Heulen zumute. Die Hunde sprangen auf mich drauf. Ich zog Boj am Ohr, Strasch stellte sich vor mich und fletschte die Zähne. Weg, ihr Idioten! Ihr Metzger-Speichellekker! Ich will euch nicht sehen.
Ich bog die Himbeersträucher etwas auseinander, damit ich das Küchenfenster und die Seitentür im Auge hatte. Nichts auf der Welt hätte mich dazu bringen können zurückzugehen. Aber vielleicht kam Liva heraus. Die würde es ja auch nicht in diesem Irrenhaus aushalten. Durch das offene Fenster hörte ich Gelächter. Vor allem von Tante Smirsch und Jula. Wenn die Jula über mich lacht, bringe ich sie heute abend um. Aber wie konnte ich wissen, worüber sie gelacht hat?
Im Geiste rief ich Liva. Wie oben am Berg. Ich sagte ihr, sie solle doch nach draußen kommen. Und tatsächlich stand sie fünf Minuten später vor der Tür.
Sie sah sich um und setzte sich dann auf die Bank am Marmanec. Boj erschien und ging langsam zu ihr. Liva begann ihn zu streicheln. Geräuschlos wie ein Luchs sprang ich über den Zaun des Schweinekobens. Durch die Wiese ging ich ganz normal. Mit dem undurchdringlichen Gesicht eines Indianers er-

schien ich beim Marmanec. Liva machte mir einen Platz auf der Bank frei. Sie streichelte Boj noch immer. Äußerlich war er sauber. Die Hundeflöhe versteckten sich zum Glück in seinem dichten Pelz. Ich hob die Hand, um ihn ebenfalls zu streicheln. Geschickt wandte er den Kopf ab, weil er dachte, ich wollte ihm eine runterhauen.
»Was hat er denn?« fragte Liva verwundert. Normalerweise hätte ich ihm jetzt bestimmt eine runtergehauen, aber ich wollte nicht, daß er weglief. Deshalb mußte ich ganz brav sagen: »In Mikulasch ist er etwas verwildert. Aber es ist nicht schlimm. Du kannst ihn ruhig streicheln.«
Ich streichelte Boj so nett, wie ich nur konnte. Liva legte ihre braungebrannte Hand mit dem silbernen Ring am kleinen Finger auf sein weißes Fell. Gemeinsam streichelten wir Boj, und zweimal berührte ich dabei Livas Hand. Wir sagten nichts.
»Hast du deine Mundharmonika dabei?« wagte ich zu fragen.
»Ich hab sie dabei.« Ihre Augen waren wirklich ganz grün. »Meine Mundharmonika habe ich immer bei mir.«
Ich streichelte Boj. »Bitte, spiel was!« sagte ich.
»Das geht nicht«, flüsterte sie. »Sie ist im Rucksack, ganz unten. Ich habe sie in den Turnschuhen versteckt.«
Sie lachte und erzählte mir, wie ihre Mutter zweimal die Mundharmonika wieder aus dem Rucksack genommen hatte und wie sie ihre Mutter dann schließlich doch überlistet hatte.
Boj wurde das ewige Streicheln zuviel. Er wollte sich verdrükken. Unauffällig gab ich ihm eins hinter die Ohren. Er begriff sofort und setzte sich wieder.
»Mein Vater hat gesagt, jetzt sei ich schon groß«, sagte Liva, »und da könnte ich manchmal auch übers Wochenende nach Hause kommen.«
Diese Mitteilung machte mich sehr, sehr froh.
»Und sonst könntest du nur über Weihnachten nach Hause kommen?«

»Wenn ich Glück habe, werde ich krank. Dann komme ich früher und auch auf längere Zeit.«
Ich hatte meine Zweifel, ob Liva überhaupt krank werden konnte. »Und wie war es im letzten Jahr?«
»Im letzten Jahr bekam ich zum Glück eine Wurstvergiftung. Da war ich drei Wochen zu Hause.«
Ich war etwas betroffen. Aber Liva lachte.

Vuk kam in seinen Sonntagshosen, in Pullover und weißem Hemd die Treppe herunter. Ein vollkommener Herr! Nur sein Haar war ziemlich zerzaust, und unter der Nase war er auch recht stoppelig, so als hätte er sich nicht richtig gewaschen. Aber ich wußte, daß Mamka seinen Rasierapparat schon eingepackt hatte. Hinter ihm kamen Esta und Gabka. Als Gabka Liva und mich entdeckte, riß sie sich von Estas Hand los und rannte zu uns.
»Ich zeig dir was«, rief sie Liva zu. »Weißt du, was der hat?« Sie packte Boj und wühlte in seinem Fell. »Rate mal! Der hat Flöhe!«
»Er hat doch gar keine«, schrie ich Gabka an. »Das hast du dir mal wieder ausgedacht.«
Aber Gabka wollte Liva unbedingt die Flöhe zeigen. Ich hoffte, sie würde keine finden. Manchmal verstecken sich die Flöhe so, daß man sie überhaupt nicht sieht. Aber Gabka fand sie.
»Siehst du?« jubelte sie. »Du brauchst keine Angst zu haben. Die gehen nicht auf Menschen. Aber auf unseren Boj gehen sie. Unser Boj hat Flöhe!« Und sie umarmte den Hund, um Liva zu beweisen, daß sie sich nicht vor den Flöhen zu fürchten brauchte.
Liva und ich lachten. Aber mir war gar nicht zum Lachen zumute. Noch nie in meinem Leben hatte ich Gabka verdroschen. Aber heute würde ich es wahrscheinlich tun. Zusammen mit ihrem ekelhaften Boj und seinen Flöhen würde ich sie verdreschen.

Dabei hatten Liva und ich gemeinsam den Hund so schön gestreichelt.

»Einsteigen!« rief Vater, und Mamka umarmte Vuk. Er riß sich zusammen, aber er war ganz rot, klopfte Mamka auf den Rükken und küßte sie auf die Backe. Mir gab er die Hand. Gabka nahm er auf den Arm. Er neckte sie und sagte, er sei der böse Wolf und werde sie fressen. Sie schrie, aber von seinem Arm wollte sie nicht. Na warte, du dumme Gans!
Tante Smirsch setzte sich mit Liva und Esta hinten ins Auto. Vater saß am Steuer. Vuk und ich schoben den Citroën an. Dann liefen wir hinter dem Auto her, und Vuk schwang sich auf den Sitz neben Vater.
»Hallo, Djuro!« Liva streckte die Hand aus dem Fenster, und ich ergriff sie.
»Hallo, Liva!«
Der Qualm aus dem Auspuff erstickte mich fast. Ich lief noch einige Schritte, aber dann war der Wagen schon um die Kurve.
Ich lief auch noch um die Kurve, aber es war nichts mehr zu sehen.
»Hallo, Liva! Liva, kleines Reh!«

Wenn man mich morgens weckt, reibe ich mir schlaftrunken die Augen. Ich schimpfe und stecke den Kopf unter die Decke.
Aber ich weiß nichts davon. Wenn ich es wüßte, würde ich ganz bestimmt nicht zu Vater sagen: »Verschwinde! Laß mich in Ruhe! Ich bin krank, ich kann nicht aufstehen!« Das würde ich nicht mal zu Jula oder zu Mamka sagen und schon gar nicht zu

Vater. Aber weil ich nicht weiß, was ich tu, rede ich so zu jedem, der mich weckt.
Vater begoß mich mit kaltem Wasser und befahl mir, in Zukunft den Wecker zu stellen. »Morgen weckst du dich selbst. Du bist fast erwachsen und hast überhaupt keine Disziplin.«
»Aber laß doch den Jungen«, verteidigte Mamka mich. »Schau mal...«
Vater schaute sie so lange an, bis sie vergaß, was sie eigentlich sagen wollte.
»Morgen kannst du auf den Wecker schimpfen«, sagte Vater. Das bedeutete, daß Mamka mich nicht wecken durfte.
Ich zog den Wecker auf. Ich bin immer aufgestanden, wenn der Wecker läutete. Und das war manchmal um sechs, manchmal um fünf, manchmal um vier. Einmal läutete er genau um Mitternacht. Aber jetzt läutete er überhaupt nicht.
Ich schlief bis sieben, und Vater wollte nicht erlauben, daß ich zu Hause blieb, obgleich ich den Autobus nicht mehr erreichen konnte. Die Staatsforsten planierten den Weg, und deshalb hatte ich fast zwei Kilometer bis zur Haltestelle, weil da gerade noch ein Auto fahren konnte, aber kein Autobus.
»Aber ich kann doch nicht zu Fuß gehen«, sagte ich kleinlaut, »bloß weil dieser gemeine Wecker nicht geläutet hat.«
Mamka legte bei Vater ein gutes Wort für mich ein. Denn der Citroën war wieder mal kaputt. Und so blieb ich zu Hause.
Vater brachte mir eine geschlagene halbe Stunde lang bei, wie man den Wecker richtig einstellt.
Und dann begann es zu regnen, und ich mußte auf unserem Zimmer fünfzehn büffeln. Ich schickte Gabka nach der Schere, und ohne daß die anderen es merkten, holten wir uns die Zeitschriften aus dem Speisezimmer und schnitten bis zum Mittagessen interessante Bilder aus. Aber nur aus dem Inneren, die Umschläge ließen wir heil. Gabka wollte immer schöne Frauen haben, so halb ausgezogene Schauspielerinnen. Aber ich hatte schon seit der vierten Klasse Tierbilder gesammelt. Und wenn

ich einen hübschen Affen oder einen fauchenden Tiger sah, mußte ich ihn haben.
Ich wollte auch ein bißchen lesen, aber Gabka störte mich immer. Sie ist schrecklich neugierig und muß alles wissen. Und beim Ausschneiden hat sie einmal mit der Schere in die Seite gestochen und auf der anderen Seite einen schönen, traurigen Hund verdorben, dessen Ohren bis runter auf den Boden hingen.

Und draußen regnete es und regnete und regnete.
Es regnete den ganzen September. Und wir hatten kaum Gäste. Nur einmal kamen einige Herren, wahrscheinlich Ingenieure aus Brezna. In jener Nacht konnten wir überhaupt nicht schlafen. Sie tranken dem Vater fast den ganzen Kognak aus, und dann tanzten sie herum und sangen und zerbrachen siebzehn Gläser. Ich war so erschrocken, daß ich hinunterlief, um zu sehen, was los war.
Die Türen zum Speisezimmer standen offen. Drinnen tanzte ein Fräulein auf dem Tisch. In Schuhen auf dem weißen Tischtuch! Die Herren Ingenieure schrien wie die Affen, und das Fräulein warf die Beine in die Höhe, ihre langen, gebleichten Haare flogen, und dann streute sie den Herren Asche auf den Kopf.
Ich war wütend, weil ich bei dem Krach nicht schlafen konnte, aber nun mußte ich doch lachen. Das war zu komisch, wie das Fräulein einem Mann Asche auf den Kopf streute. Und auch noch auf eine Glatze!
Das Fräulein warf die Beine fast bis an die Decke. Und gleich darauf fiel sie wie ein gefällter Baum dem Herrn auf den Kopf. Und da sah sie nun gar nicht mehr schön aus, und es war alles ziemlich widerwärtig.
Vater kam aus der Küche gelaufen, aber Mamka zog ihn wieder zurück.
»Mein Gott«, stöhnte sie, »was sind das bloß für Leute. Die

sind ja total betrunken und sollten endlich gehen. Polizeistunde ist doch schon längst gewesen.«
»Geschäft ist Geschäft«, sagte Vater. »Den ganzen Monat haben wir Zeit zum Ausschlafen gehabt.«
»Pfui, solche Menschen!« sagte Mamka. »Sag ihnen, daß wir sie hinauswerfen.«
»Bist du von Sinnen?« sagte Vater ärgerlich. »Willst du mich ins Unglück stürzen? Weißt du denn überhaupt, wer die Leute sind?« Und dann flüsterte er ihr etwas ins Ohr.
»Ist mir ganz egal«, schrie Mamka. »Sie benehmen sich schlimmer als die Tiere.«
»Du bist still«, zischte Vater. »Weißt du überhaupt, was Geschäft heißt? Geh jetzt und koch schwarzen Kaffee!«
Im Dunkeln rannte ich die Treppe hinauf. Vater ging wieder ins Speisezimmer. Er lachte schon an der Tür, als er sah, wie die Herren das Fräulein auf den Tisch legten. Aber dann schloß er die Tür hinter sich. Man hörte noch, wie im Speisezimmer das Grammophon spielte.
Ich konnte nicht wieder einschlafen. Die ganze Nacht spielte das Grammophon. Es spielte auch die »Akkorde am Feuer«. Da wurde ich traurig. Denn das war Livas Lied. Was erlaubten sich denn diese betrunkenen Kerle? Sollten sie doch ihre Schlager spielen, aber nicht Livas Lied.
Ich schaute aus dem Fenster. Vor der Hütte standen zwei große Sechszylinder. Im Lichtschein, der aus dem Spiesezimmer fiel, erkannte ich die Buchstaben BA, also Bratislava. Da war mir klar, daß die Herren keine gewöhnlichen Ingenieure waren.
Ich begann zu frieren und kroch wieder unter die Decke.
Ich war gerade ein bißchen eingeschlafen, da hörte ich, wie Boj an der Tür kratzte. Und dann öffnete sich die Tür. Und Türen öffnen kann nur Strasch. Tatsächlich erschienen alle beide. Sie sollten natürlich unten im Gang schlafen. Aber der arme Boj verträgt keine Musik, und wenn er eine Geige hört, muß er heulen, ob er will oder nicht. So kamen sie also herein. Aber

mit den Hunden ist es schwierig. Sie können in der Nacht nicht ruhig liegen wie die Menschen, sondern wollen spielen. Boj ging zu Gabka und weckte sie. Das hatte mir noch gefehlt. Ich mußte ihm eins hinter die Ohren geben, damit er sich in die Ecke legte.

Der Wecker ist ein widerliches, gefühlloses Ekel.
Mamka kam herauf und brachte mir das Frühstück. Sie bedauerte mich, weil ich schon aufstehen mußte.

Der nächtliche Besuch war weg. Es hatte zu regnen aufgehört. Aber die Wolken hingen schwer über den Bergen bis auf das Dach der Hütte herunter. Den ganzen Tag würde es düster sein. Auf dem Weg ins Dorf kümmerte mich das nicht. Aber als ich aus der Schule kam und auf den Autobus wartete, da störte es mich doch, daß ich den Djumbier nicht sehen konnte.
Einmal hatte ich ihn drei Wochen lang nicht gesehen. Ich dachte damals, daß er sich vielleicht in graue Wolken aufgelöst hat und gar nicht mehr existiert. Und vielleicht hatte sich auch unsere Hütte in Nichts aufgelöst. Und wenn ich oben ankam, würde ich vergeblich rufen und mit den Händen den nassen Boden absuchen, und nirgends würde ich einen Berg sehen, nichts würde ich finden, und schließlich würde ich selbst in dem grauen Meer ertrinken. Damals sagte der Busfahrer zu mir: »Das ist ja richtig eine Heldentat, Djuro, daß du hier jeden Tag zur Schule gehst. Bei Wind und Wetter. Dafür solltest du Präsident oder zumindest Minister werden.«
Ich will gar nicht Präsident oder Minister werden. Wenn der Winter sehr streng ist und der Autobus nicht mehr fährt, dann schlafe ich bei den Rydziks. Aber nicht gern. Sie geben mir zum Zudecken immer ein ganz dickes Federbett. Und den ganzen Tag muß ich im überheizten Zimmer sitzen. Die Hausaufgaben habe ich in einer Stunde fertig, und aus Langeweile setze ich mich dann zu den Rydzik-Mädchen.

»Als Präsident«, sagte ich zu dem Fahrer, »was hätte ich denn da zu tun?«
»Ach, so allerlei. Na ja, du würdest auf der Burg in Prag wohnen.«
Als wenn mir das Spaß machen würde. Für so was bin ich gar nicht.
»Und am 1. Mai würden dir alle zuwinken.« Das wäre natürlich schon besser.
»Aber trotzdem möchte ich nicht Präsident sein.«
»Na, weißt du, mit dir hat man's schon schwer«, sagte der Fahrer und lachte.

Das glaube ich auch. Ich weiß nämlich selbst nicht, was ich einmal werden will. Und darum war es auch so schwierig, als wir einmal einen Aufsatz schreiben mußten: »Was ich werden will«. Ich hatte alles von Descho abgeschrieben. Der Fukatsch wunderte sich, daß wir beide stolze Flieger werden wollten und auch noch mit den gleichen Worten. Aber er zerbrach sich nicht lange den Kopf, wer von uns beiden nun wirklich der stolze Flieger werden wollte, sondern versalzte uns beiden die Zensur. Schließlich hatten wir auch beide die gleichen Fehler.
Descho wirft mir das immer noch vor. Er kann mir auch das mit dem Dynamit nicht verzeihen, das ich ihm im September nicht besorgt habe. Aber wie hätte ich das denn machen sollen? Die Arbeiter wollten es mir ja nicht geben. Ich hätte es vielleicht stehlen können, aber der Teufel mochte wissen, wo die es versteckt hatten. Die Arbeiter ahnten, daß ich darauf scharf war. Wahrscheinlich hatten sie es gerade darum so gut versteckt. Aber Descho sagt, ich sei kein guter Kumpel. Was hätte er denn mit dem Zeug gemacht? Wenn er es im Mörser zerstampft hätte, dann hätte es ganz schön geknallt. Er hätte ja auch auf andere Weise seinem Schwesterchen eins auswischen können. Aber in Wirklichkeit ging es Descho gar nicht um die Sache mit seiner Schwester, sondern nur um die Knallerei.

Wenn ich nach Hause komme, läuft Gabka mir entgegen und erzählt mir alle Neuigkeiten. »Den Herd haben sie ausgekehrt«, erklärt sie in wichtigem Ton, »und die Jula, hihi, die ist ganz schwarz geworden. Die Leiter ist ihr aus der Hand gefallen.« Oder: »Das Schwein will nicht fressen. Das kleine mit dem schwarzen Ohr. Wenn das bloß nicht eingeht.« Oder: »Ein Onkel kommt, um das Fernsehen in Ordnung zu bringen. Das geht mal wieder zu bei uns.«
Wenn wir bei der Hütte sind, weiß ich alle Neuigkeiten. Nicht nur das, was sie selbst erlebt hat, sondern auch das, was sie aufgeschnappt hat. Wenn sie mit ihren Geschichten noch nicht fertig ist, hält sie mich am Mantel fest und läßt mich erst dann ins Haus, wenn ich über alles Bescheid weiß. Damit ihr niemand zuvorkommt.

Nach dem Mittagessen werde ich gefragt, was in der Schule los war.
»Nichts«, sage ich.
»Wieso nichts?« sagt mein Vater und regt sich über meine Antwort auf.
»Nichts Besonderes«, sage ich.
Meine Familie kann sich nicht daran gewöhnen, daß ich kein kleines Kind mehr bin und nicht so geschwätzig wie Gabka. Soll ich etwa erzählen, wie Lehrer Fukatsch mir eine runterhauen wollte oder wie er den Descho verprügelt hat? Oder daß wir im Schulkeller in einer Holzkiste ein paar Mäuse ausgesetzt haben? Und wenn die Junge kriegen, daß wir die dann im Konferenzzimmer aussetzen wollen?

Auf unserem Zimmer fünfzehn ziehe ich mich dann um. Natürlich muß ich nun gelegentlich ein paar Schularbeiten machen. Aber meistens laufe ich draußen rum. Auch im Regen. Ich habe ja Vuks Regenmantel.

Sie haben den alten Sechzehnender erschossen. Jetzt kann er den Vater nicht mehr necken oder auf das Auto losgehen. Und das elektrische Licht in der Hütte wird nicht mehr verlöschen, denn jetzt kann er auch nicht mehr ins Staubecken. Er ist tot. Abends unter meiner Bettdecke verfluchte ich immer die Schule. Denn bloß wegen der Schule konnte ich nicht jeden Morgen mit den Hunden durch die Berge laufen, damit sie durch ihr Bellen das Wild verscheuchten, wenn die Ausländer da waren. Eine ganze Woche hatten die auf dem Anstand gelegen und nichts geschossen, und ich dachte schon, der alte Hirsch hätte genug Verstand gehabt und wäre in das Revier von Mikulasch hinübergewechselt. Aber er hatte wohl nur genug Verstand, um meinen Vater zu necken, und keinen, wenn es um ernste Dinge ging. Wenigstens nicht genug, um dem Förster Rydzik einen Strich durch die Rechnung zu machen.

Am Mittwochabend schliefen die Hunde nicht daheim. Ich war sehr froh darüber, daß sie irgendwo herumvagabundierten und vielleicht das Wild verscheuchten.

Am Donnerstag nach der Schule wartete Strasch schon am Autobus auf mich. Er wollte nichts tragen und lief mir immer voraus, damit ich mich beeilte. Als ich dann in die Küche kam, sah ich, was los war. Boj lag auf dem Teppich, zitterte am ganzen Körper, winselte und streckte die rechte Vorderpfote aus. Am Fell war Blut, und die Pfote war angeschwollen. Vater untersuchte sie.

»Vielleicht hat ihn eine Schlange gebissen«, sagte Jula.

Wir erschraken. Aber Mamka erklärte, das sei nicht möglich. Spätestens am 24. August, am Bartholomäustag, müßten die Schlangen in ihre Löcher zurück. »Dann wird die Erde hart, und wenn sich eine Schlange verspätet, kann sie nicht mehr in ihr Loch und kommt jämmerlich um.«

»Vielleicht war es so eine verspätete Schlange«, sagte ich.
Aber auch das war wohl nicht möglich. In den Nächten waren starke Fröste. Und wenn es Schlangen kalt wird, werden sie schwach. Sie haben dann kein Gift mehr und können auch nicht mehr beißen.
»Geh in den Schuppen und hol ein Brettchen«, sagte Vater und riß ein altes Handtuch in Streifen. »Wir werden das Bein darauf legen. Dann bestreichen wir die Wunde mit Jod und verbinden sie.«
Als ich vom Schuppen zurückkam, läutete das Telefon. »Geh an den Apparat, Djuro«, befahl Vater.
Ich nahm den Hörer ab.
»Bist du es, Djuro?« hörte ich die Stimme von Onkel Rydzik. »Bestell deinem Vater, er soll seine beiden Rowdys von Hunden in den Keller sperren. Wenn ich die noch einmal in den Bergen erwische, erschieße ich sie ohne Erbarmen. Heute habe ich dem einen von ihnen einen Warnschuß verpaßt. Aber von morgen an mache ich keinen Spaß mehr. Verstanden? Richte das deinem Vater aus!«
»Ein Warnschuß ist gut«, schrie ich und hielt den Hörer so, daß er Bojs Gewinsel hören konnte. »Vater tut gerade Jod auf seine Wunden.«
»Red keinen Unsinn, Djuro!« Jetzt schrie auch der Förster. »Ich habe ihn höchstens gestreift. Ich bin doch nicht blind. Ich hab es doch genau gesehen.«
Der Vater kam ans Telefon. In der Küche war es jetzt still. Boj atmete ruhig, aber ununterbrochen bewegte er die Pfote. Gabka fächelte ihm mit meinem Schreibheft Luft zu.
Vater kam vom Telefon zurück. »Hör zu, du Wilderer«, schrie er Boj an. »Die hätten dich erschießen können. Merk dir das! In den Bergen hast du nichts zu suchen. Verstanden?«
Unbarmherzig packte er die Pfote. Er warf das Brettchen weg und steckte den Verband in den Ofen. Es war wirklich nur eine Streifwunde.

»Dem werd ich's zeigen«, rief der Vater zornig. »Da kitzelt jemand sein Fell, und der macht gleich einen Zirkus, als wenn er schon in den letzten Zügen läge. Marsch, raus!«
Boj stand auf und ging beleidigt aus dem Zimmer. Er hielt die rechte Vorderpfote hoch und hinkte auf drei Beinen.

Aber ich bin überzeugt, der Rydzik wäre imstande, unsere Hunde zu erschießen. Nur weil sie das Wild ein bißchen aufscheuchten. Wenn der Rydzik nicht wäre, bekämen die Ausländer den Sechzehnender nie vor die Flinte. Aber er serviert ihnen den Alten wie auf einem Tablett. Dazu wäre unser Vuk nie imstande. Wer bei ihm jagen wollte, müßte sich sein Wild schon selbst suchen. Und bestimmt würde er diesen Ausländern nicht gerade den prächtigsten Sechzehnender der ganzen Niederen Tatra zeigen.

Den Alten haben sie ziemlich weit von unserer Hütte entfernt erschossen. Irgendwo bei Kamzicka. Die Staatsforsten haben da eine Jagdhütte.
Die Jäger hatten schon vorher mit dem Vater verabredet, daß sie auf der Kamzicka-Hütte schlafen würden, wenn sie den Hirsch erwischt hatten. Dann sollten wir am nächsten Tag all das dorthin bringen, was auf einem vorbereiteten Zettel stand.
Ich hatte gehofft, daß dieser Tag nie kommen würde. Aber als die Jäger am Freitagabend nicht zurückkamen, wußte ich sofort, was passiert war.
Als ich am Samstag aus der Schule kam, standen zwei vollgepackte Rucksäcke und noch eine Tasche voll Flaschen vor der Hütte. »Du mußt zur Kamzicka-Hütte«, sagte Vater. »Du kannst über Nacht dort bleiben und Sonntag zurückkommen.«
Das war mir nur recht. Den alten Sechzehnender wollte ich auf alle Fälle noch einmal sehen. Aber wie sollte ich die ganzen Sachen auf den Kamzicka schleppen?

»Wie habt ihr euch denn das gedacht?« fragte ich. »Soll ich das alles allein tragen?«
»Red keinen Unsinn«, sagte Mamka. »Du brauchst nur den kleinen Rucksack zu tragen. Aus Brezna kommt ein Koch. Der trägt das andere.«
Donnerwetter! Was die sich alles bestellten! Sogar einen Koch.
»Mein Gott«, sagte Mamka plötzlich, »der hätte doch auch im Autobus sein müssen.«
»Na ja«, sagte ich, »da war noch ein Herr im Autobus, mit Hut, langem Mantel und Halbschuhen. Meinst du, daß das der Koch war? Er hat die ganze Fahrt über kein Wort gesprochen. Ich bin schneller gegangen als er und hab mich nicht weiter um ihn gekümmert.«
»Das wird er sein«, sagte Vater und ging ihm entgegen.

Irgendwo hatte ich einmal in einem Buch einen Koch abgebildet gesehen. Der war unheimlich dick. Ich dachte, das sei ein Witz. Aber nun kam da plötzlich ein Koch aus Brezna an, und der war genauso dick wie der in dem Buch. Mindestens seine hundert Kilo wog er.
Auf dem Weg zur Kamzicka-Hütte sagte er erst lange Zeit gar nichts. Er hatte den Hut nach hinten geschoben, damit der Wind seine verschwitzte Stirn kühlte. Er ging breitspurig wie ein Bär und schnaubte wie zehn Eber, die sich über ein Kartoffelfeld hermachen.
»Verdammt, langt denn denen das Essen nicht, das sie in der Hütte kriegen?« schnaubte er plötzlich. »Haben die wenigstens Geld?«
Ich wußte es nicht. »Schöne Autos haben sie. Einen Opel und einen Mercedes«, sagte ich.
»Hach«, sagte der Koch, »bei denen hat jeder Haderlump eine Karre. Geld müssen die rausrücken. Valuta! Umsonst mach ich das nicht.«

Ich fragte ihn, ob er in Brezna die Riatscheks kenne. Das war die Familie, bei denen Liva wohnte.
»Und ob ich die kenne«, sagte er und lachte. »Ich bin doch selbst ein Riatschek, der bekannteste von allen Riatscheks in Brezna.«
Es stellte sich heraus, daß es in Brezna schrecklich viele Riatscheks gab, und der Koch erzählte mir von ihnen allen die Lebensgeschichte.
Das half mir nicht weiter. Und deshalb sagte ich schließlich: »Ich habe nur deshalb gefragt, weil bei einer Familie Riatschek auch die Liva Smirsch von der Povstalecka-Hütte wohnt.«
»Aha!« Er lachte über sein dickes Gesicht. Ich hatte keine Ahnung, warum. »Kenne ich, kenne ich«, sagte er. »Von der Hütte am Djumbier. Ein stilles Mädchen. Still wie die Berge.«
Das hatte er wirklich hübsch gesagt: Still wie die Berge.
Wir kamen jetzt über einen kahlen Hügel. Ganz plötzlich blies ein kalter Wind und hob seinen Hut in die Luft. In einer hohen Spirale trug er ihn fort und warf ihn dann zu Boden. Ich konnte den Hut kaum einholen.
Ich mußte lachen. Also Liva war still. Wie die Berge.
Hinter dem Hügel ging es wieder bergauf, aber zum letztenmal. Dann kamen wir auf eine Lichtung, und die Kamzicka-Hütte lag vor uns. Die Jäger saßen auf der Treppe der Veranda. Als sie uns sahen, sprangen sie auf und nahmen uns mit lautem Geschrei die Lasten vom Rücken.
»Wir tragen den Hirsch jetzt her«, sagte Onkel Rydzik. Der Koch band sich eine Schürze um. Er wollte selbst die Leber, das Herz und weiß Gott noch was rausholen.
Ich wäre gern unauffällig in die Berge verschwunden. Ich sollte die Schüssel mit den Eingeweiden tragen. Aber das hätte gerade noch gefehlt. »Ich werde euch was husten«, sagte ich zu mir selbst. »Denken kann ich über euch jedenfalls genauso, wie vorhin der Koch über euch geredet hat.«

Und dann wurde der Hirsch gebracht. Er war es, der Sechzehnender. Seine Augen waren offen. Sie starrten wie durch einen dicken Nebel.
Der Koch machte ein Feuer. Aus der Hütte holte er einen Tisch und fing an, Zwiebeln zu hacken. Ich brachte Holz und legte es aufs Feuer, damit er dann Kohlen nachlegen konnte.
Der Koch nahm ein großes Messer und schnitt durch das Herz. Dabei knirschte etwas. Das Messer war an den Kugeln ausgeglitten. Insgesamt drei Kugeln holte er aus dem Herzen des Alten.
»Oho, das war ein guter Schütze«, rief der Koch und wollte den Herren die Kugeln zeigen. Sie sollten sich darüber freuen, daß alle drei Kugeln mitten ins Herz gegangen waren. Aber ich nahm rasch die Kugeln an mich, wusch sie und steckte sie in die Tasche.
In der Hütte spielte das Transistorradio. Jetzt, da das Herz eines so wunderbaren Hirsches aufs Feuer gelegt wurde, hätte das Radio Livas Lied »Akkorde am Feuer« spielen müssen.
Der Koch hatte mitten ins Feuer einen Dreifuß gestellt und einen Kessel darüber gehängt. Die Herren brachten dem Koch Wein heraus. Auch ich bekam welchen. »Trink nur, Djuro«, sagte Onkel Rydzik und hielt mir den Pokal entgegen. Er hielt ihn so, daß ich zur Seite springen mußte, damit der Wein mir nicht in die Schuhe lief. Ich trank ihn aus. Aber ich fühlte mich elend.
Die Herren richteten den Hirsch so her, daß es aussah, als schliefe er. Dann stellten sie sich vor ihn, legten einander die Arme auf die Schultern, auch dem Förster, und sangen etwas. Und dann fotografierten sie sich, und dann fotografierten sie den allein, der den Hirsch geschossen hatte. Ich ärgerte mich, daß es gerade der Jüngste von ihnen war. Am liebsten hätte ich mich auch aufs Feuer gelegt. Aber die Herren ließen dem Hirsch überhaupt keine Ruhe. Immerzu tanzten sie um ihn herum.

Es wurde schon dunkel, und das Herz war immer noch nicht weich. Erst als rot der Mond aufging, rief der Koch: »Die Teller, Herr Förster.«
Ich war sehr hungrig und aß ein bißchen von der Leber. Das Herz konnte ich nicht anrühren. Das Herz eines verständigen Wesens können nur Kannibalen essen. Da saß ich lieber am Feuer und trank Wein aus der Flasche.
Die Herren sangen und fingen an, über die Glut zu springen. Eigentlich hatte Onkel Rydzik damit begonnen. Er kam auch heil hinüber, nur mit den Hacken geriet er noch in die Kohlen, die am Rande lagen.
»Schau dir das an«, sagte der Koch und wartete grinsend darauf, daß einer der Jäger ins Feuer fiel. Das passierte schon dem zweiten. Er verlor das Gleichgewicht und setzte sich langsam in die Glut. Der Koch wieherte vor Lachen.
»Wozu brauchen die eigentlich einen Koch?« sagte er. »Die braten sich selbst auf einem Kohlenfeuer in der Slowakei. Fünfhundert Dollar müssen die dafür rausrücken. Und noch hundert dazu, weil der Mond dabei scheint. Wo hat so ein Geldsack sonst Gelegenheit, sich den Hintern im Mondschein braten zu lassen?«
Und er lachte und lachte.

In der Hütte nahm ich mir eins von den oberen Feldbetten. Unter mir schlief der Koch. Der Strohsack und das grüne Kissen waren mit Heu gefüllt, und das ganze Bett roch nach Schulende vor den Ferien. Dann warteten wir nämlich mit den Zeugnissen in der Hand auf den Bus, aber nicht an der Haltestelle, sondern auf einem Heuhaufen am Weg.
Die Jäger schnarchten. Ich beugte mich aus dem Bett. Der Koch unter mir war still. Aber er war der einzige. Die anderen sägten so grauenvoll, daß ich lachen mußte.
Ganz leise stieg ich aus dem Bett und öffnete die Tür. Die Türangeln waren nicht geölt und quietschten. Jemand schrak auf,

aber da war ich schon draußen. Zum Glück war ich am Abend in den Kleidern eingeschlafen.
Ich wußte nicht, wie spät es war. Aber es mußte sehr spät sein, denn der Mond war schon hinter dem Berg. Die Glut war erloschen, und der tote Hirsch lag still und verlassen auf der Lichtung. Er sah aus, als würde er im nächsten Augenblick den Kopf heben, aufstehen und diesen jungen Herrn aufspießen, der ihn durchs Herz geschossen hatte. Oder als wollte er im nächsten Augenblick durchs Fenster in die Hütte sehen, ob der Vater dort war und er irgendeinen Schabernack mit ihm treiben könnte.
Ich setzte mich auf die Treppe. Das stolze Geweih ragte gegen den Himmel. Der weiße Mond erschien darin wie in einer Zange. Langsam und gehorsam setzte er sich auf die Stirn des toten Hirsches.
Ich habe kein besonders mitleidiges Herz. Aber jetzt tat es mir in der Kehle weh. Ich hätte gewünscht, daß Liva hier wäre, damit ich nicht ganz allein war mit dem Alten. Und damit sie ihn ebenfalls sah, mit diesem weißen Glanz um seine Stirn.
Hinter mir knarrte die Tür. Der Herr, der den Hirsch erlegt hatte, kam, in Decken gehüllt, heraus. Zuerst erschrak er vor mir, dann seufzte er und setzte sich neben mich. Er betrachtete das im Mondlicht schimmernde Geweih.
»Ach, wie schön!« sagte er.
Das ärgerte mich. Ich wollte nichts hören.
»Was für ein Geweih!« sagte er.
Ich stand auf. Die Tür ließ ich offen. Ich kroch in mein Heubett.

Schon seit einigen Tagen reparierte Vater an unserem Auto herum. Als er es schließlich wieder in Ordnung hatte, sagte er: »Morgen holen wir Mutter heim. Es ist bald Weihnachten, und niemand ist da.«
Unsere Mamka hatte sich die Ferien wirklich verdient. Zu Allerheiligen war sie mit Gabka nach Benuschov gefahren, und jetzt waren schon zwei Wochen vergangen, und sie war immer noch nicht wieder zu Hause. Sie schrieb uns nur, was wir tun sollten und was nicht, und jeder Brief endete mit dem Satz: »Ich habe große Sehnsucht nach Euch. Ich komme sofort zurück, wenn ich das mit dem Acker erledigt habe.«
Vater lachte, weil ihr noch nichts Neues eingefallen war. Denn das mit dem Acker sagt sie schon seit zehn Jahren. Aber dann sagte Vater: »Soll sie ruhig da unten noch ein bißchen unter Menschen bleiben.«
Und dann kochte Vater das Abendessen. Meistens gab es Nokkerln mit Schafkäse. Aber der war so alt, daß er scharf war wie Paprika. Vater hatte nämlich vor einer Woche auch Jula in Urlaub geschickt. Sie sollte der Mamka ausrichten, daß sie heimkommen möchte. Aber das war so wie die berühmte Geschichte mit dem Bauern, der den Jockel ausschickt. Jetzt waren sie beide weg, Mamka und Jula.
»Da siehst du mal, Djuro, was für ein Verlaß auf die Frauen ist«, sagte Vater.

Zuerst machte es uns großen Spaß. Wir kamen uns vor wie Robinson und Freitag. Nur, daß wir statt der wilden Ziegen die beiden Hunde hatten.
Am Abend saßen wir vor dem Fernsehschirm, und nachts schliefen wir zusammen unten im Zimmer. Wenn es nicht regnete, holten wir Holz aus den Bergen. Und dann machte ich

unter der Lampe meine Schularbeiten, während Vater das Abendessen kochte.
Aber als Vater eines Tages feststellte, daß nun alles Geschirr schmutzig war und auch alles andere immer schmutziger wurde, verlor er die Geduld. Mit dem Citroën machte er sich nach Benuschov auf.
»Fahr morgen nicht mit dem Autobus von der Schule zurück«, sagte Vater, »warte bei den Rydziks auf uns.«
»Weshalb?« fragte ich enttäuscht.
»Deshalb«, sagte Vater. »Du wartest dort eben.«

Ich freute mich, daß ich ganz allein zu Hause sein würde. Ich würde nach dem Mittagessen die Hütte abschließen und mit den Hunden in die Berge gehen wie die einsamen Jäger des Nordens.
Im Pulverschnee würden wir Spuren finden, und denen folgen wir dann, bis es dunkel wird. Die Hunde wollen zurück, aber ich gehe mit gleichmäßigem Schritt weiter und weiter ins Unbekannte, ausgerüstet mit Flinte, Fernglas und der großen Taschenlampe. Boj wird vor Angst zittern, weil er fürchtet, daß er wieder eine Schrotladung in die Pfote bekommt. Und auch Strasch wird ganz still sein und sich eng an mich schmiegen. Aber ich mache ihnen Mut. Denn wer sich selber vor nichts fürchtet, der macht auch anderen Mut. Wenn ich in den Bergen irgendwelche Laute höre, rufe ich: »Halt, wer da?« und richte den Schein meiner Taschenlampe ins Dunkle. Ich befehle den Hunden, sich zu legen, und nehme das Gewehr in Anschlag. Und vielleicht schieße ich auch. Aber vielleicht ist da auch überhaupt nichts.
Am Weg finde ich Tannenzapfen. Strasch bringt mir Zweige, und ich mache mir eine Jagdpfeife. Ich breche den oberen Teil von einem Zapfen ab. Die Höhlung bestreiche ich mit Harz. Dann setze ich mich, zünde die Pfeife an und rauche sie friedlich im Dunkeln. Dann nehme ich das Gewehr, das ich an den

Baum gelehnt habe, lege es mir über die Schulter und gehe wieder heim. Ich versorge mein Anwesen, streue den Hühnern Maiskörner hin und sperre sie in den Schuppen. Ich schließe die Hütte auf und werfe Schofa ein Stück Wurst hin, damit sie endlich aufhört, hinter den Wildkatzen herzustreunen. Dann ...

»An die Wandtafel, Trangosch!«

Wieso? Es ist doch keine Prüfung.

»Willst du vielleicht die Freundlichkeit haben aufzuwachen? Nimm den Rechenschieber!«

Ich riß mich zusammen.

»So, vielleicht fängst du jetzt mal an«, sagte Lehrer Fukatsch. Aber es klang gar nicht böse.

Ich war völlig durcheinander. Den Rechenschieber hatte ich in der Hand, aber den Bruch konnte ich nicht ausrechnen. Ich setzte mich wieder.

»Für ungenügende Antwort eine arabische Fünf. Oder möchtest du lieber eine römische Fünf?« witzelte Fukatsch.

»Überhaupt keine Fünf.« Ich stand wieder auf. »Ich weiß die Lösung.«

Descho stieß mich unter der Bank an. Er hatte Angst, ich könnte den Fukatsch verärgern, und der würde mich dann übers Knie legen. Aber er hatte sich geirrt. Denn Fukatsch erlaubte mir, noch eine Antwort zu geben. Und diesmal war es richtig.

»Na«, sagte Fukatsch, »das war also eine arabische Eins, plus vorige Fünf gibt eine arabische Sechs. Die teile ich durch zwei und schreibe dem Trangosch eine arabische Drei in mein Buch.«

Descho stieß mich wieder an. Das bedeutete, ich sollte mich nicht mit dem Fukatsch darüber streiten. Denn natürlich war das ungerecht. Ich wußte sehr gut, daß ich eine Eins verdient hatte, aber eine Drei ist eine Drei und immer noch besser als eine Fünf, noch dazu eine römische Fünf. Ich sagte also nichts mehr.

Nur der Fukatsch gab in dieser Stunde keine Ruhe. Er war immer der Meinung, daß ich träumte und daß er mich mit seinen Fragen wecken müßte.

In der Pause scharten sich die Jungens um mich. »Na, wie war es letzte Nacht? Hast du keine Angst gehabt, so ganz allein?«
»Redet doch keinen Quatsch«, sagte ich. »Ich kenne keine Angst. Dann war da allerdings doch etwas – da hätte ich mich wirklich fast gefürchtet.«
»Ich weiß ja nicht, was du in der Dunkelheit siehst«, sagte Kristek. »Aber vielleicht gibt es bei euch auch Geister, so wie bei uns.«
Kristek wohnte hinter dem Friedhof, und jeden zweiten Tag kam er mit einer neuen Spukgeschichte in die Schule. Er war schon ganz grün und abgemagert vor Angst.
»Wie spät mag es gewesen sein?« fragte Kristek und wurde immer bleicher. »War es vielleicht Mitternacht?«
»Ich weiß nicht, wie spät es war«, sagte ich. »Ich habe das Gewehr von der Wand genommen.«
»Jesusmaria«, flüsterte Kristek. »Man darf sich nicht versündigen. Man muß ganz laut rufen: ›Der Herrgott sei bei uns und weg mit dem Teufel!‹«
»Hör doch endlich auf, Kristek«, sagte Descho, »du zitterst ja vor Angst.« Dann fragte er: »Hast du die Tür aufgemacht?«
»Zuerst habe ich gerufen: ›Wer ist da?‹«, sagte ich. »Dann habe ich die Tür aufgemacht und bin mit entsichertem Gewehr nach draußen gegangen.«
»Und dann?« sagte Descho. »War dort jemand?«
»Kein Mensch. Aber auf der Wiese bewegte sich etwas Riesengroßes. Ich ging die Treppe hinunter. Die Wiese war ganz schwarz und der Nebel ganz dicht. Man konnte überhaupt nichts erkennen. Vorsichtshalber habe ich in die Luft geschossen.«
»Jesusmaria«, sagte Kristek wieder. »Das darfst du nicht. Mit den Seelen muß man nett umgehen.«

»Dich hat euer Friedhof schon völlig um den Verstand gebracht«, sagte Descho ärgerlich und wandte sich wieder an mich. »War es ein Bär?«
»Ja. Am Morgen habe ich die Spuren gefunden. Zuerst muß er unter meinem Fenster gewesen sein und ist dann zur Tür gegangen. Die Bären halten ja jetzt schon Winterschlaf. Wahrscheinlich konnte der Ärmste vor Hunger nicht schlafen und wollte sich ein wenig den Magen füllen.«
»Na, siehst du?« sagte Descho und wandte sich an Kristek. »Was ist nun mit deinen Gespenstern?«
Dann läutete es, und wir gingen in die Klasse zurück.

Nach der Schule ging ich mit Kristek zusammen. Er ärgerte sich, weil ich nicht an Gespenster glaubte. Darum wollte er mir auf dem Friedhof Gräber zeigen, aus denen sie nachts herauskommen. Ich konnte an den Gräbern nichts Besonderes feststellen. Aber Kristek behauptete, die Erde an den Grabsteinen sei aufgelockert.
Er ist schon ein richtiger Trottel. Angeblich spricht seine Großmutter immer mit den Geistern.
»Weißt du«, sagte ich zu Kristek, »du mußt das nicht glauben, was deine Großmutter erzählt. Das sind bloß Märchen. Das brauchst du ihr nicht gerade zu sagen, denn sie ist ja schon ziemlich alt. Aber du mußt das nicht glauben.«
Kristek stand ganz verwirrt vor den Gräbern. »Wenn es auf der Welt nichts Schlimmeres gäbe als Gespenster, das wäre schön«, sagte ich.
Aber dabei dachte ich nicht an Bären und auch nicht an Wölfe.
Ich brauche ja wohl nicht zu sagen, daß meine Bärengeschichte erlogen war. Aber Kristek fürchtet sich so gern. Da wollte ich ihm eine Freude machen.

Bei den Rydziks gab es Rehbraten in Rahmsoße.
Rehbraten schien mir verdächtig. Ich lief in den Garten, um zu sehen, wo Mischo war. Mischo ist das zahme Reh. Es stand am Zaun und knabberte Papier.
Ich ging wieder hinein und begann den Rehbraten zu essen. Die Tante setzte sich zu mir.
»Eure Mutter ist euch davongelaufen«, stichelte sie.
»Sie ist nicht davongelaufen«, sagte ich. »Sie muß wegen des Ackers verhandeln.«
»Wenn sie wieder zurückkommen wollte, dann brauchte euer Vater sie doch nicht zu holen.«
Was waren das für scheußliche Reden.
»Unsere Mamka ist nicht davongelaufen. Sie hat in Benuschov was zu tun. Aber sie hat große Sehnsucht nach uns.«
»Hm ... hm«, machte die Tante und schüttelte den Kopf.
Ich hätte wirklich Lust gehabt, den Rehbraten stehenzulassen. Aber ich hatte ihn schon aufgegessen.
Im Geiste rief ich nach Vater, er möge doch kommen und Mamka auch, denn ich sehnte mich wirklich schon lange nach ihr. Und auch nach Gabka sehnte ich mich und nach Vuk. Aber ich wußte, der konnte nicht kommen. Aber ich wollte nicht mehr allein sein in der Hütte. Und auch bei den Rydziks wollte ich nicht sein. Ich wollte mit den anderen wieder zu Hause auf der Hütte sein.

Wenn ich jemanden sehr rufe, dann kommt er meistens auch. Das hatte ich schon mit Liva ausprobiert. Und so lief ich jetzt hinaus in den Hof, um nach dem Citroën Ausschau zu halten. Und da waren sie auch schon: Mamka und Gabka. Und sie winkten mir zu. Und ich sprang vor Freude auf die Motorhaube.
»Du wirst dich noch verbrennen, Djuro«, sagte Vater und lachte.
Und tatsächlich war der Citroën ziemlich heiß.

Die Tante kam herausgelaufen. Mit Jubelgeschrei umarmte sie meine Mutter und küßte sie auf beide Backen.
So eine falsche Person! Erst redet sie schlecht über die Mamka, und dann tut sie wunder wie. Aber meinetwegen. Sie ist dick und ungepflegt, und Mamka ist hübsch frisiert und hat ein buntes Tuch um den Kopf. Sie sieht gut aus, und wenn sie mich streichelt, fühle ich ihre weichen Hände.
Auch Gabka ist hübsch. Sie ist gewachsen und hat eine neue rote Mütze und wunderschöne rote Stiefelchen.

Ich war sehr glücklich, als wir alle im Auto saßen und zurück in die Berge fuhren. Es hat mir auch nichts ausgemacht, nach jedem Kilometer zum Bach zu laufen und Wasser in den Kühler zu gießen. Der arme Citroën glühte wie ein Backofen und spuckte und qualmte. Es hat mir auch nichts ausgemacht, die öligen Lappen in die Hand zu nehmen und mit Draht das Auspuffrohr festzubinden, damit es nicht so viel Krach macht.
»Nächstes Jahr wird der Citroën zum alten Eisen geworfen, diese alte Kaffeemühle«, schimpfte Vater. Aber das sagt er schon seit zehn Jahren. Ich bin gespannt, ob der Wagen noch diesen verregneten Herbst durchhält.
»Ihr könnt ja nicht ohne mich auskommen«, sagte Mamka, als wir zu Hause ankamen. Sie sah es selbst, daß wir ohne sie nicht leben konnten.
Vater trug Holz herein, Gabka setzte sich zu Boj unter den Tisch. Ich trocknete Mamka das Geschirr ab. Alles Geschirr. Auch die Kasserollen.

Den Vladko, der die Natur so liebt, haben wir meistens sofort nach den Ferien wieder vergessen. Aber wenn der Reif auf den Bäumen und auch sonst überall liegt, selbst auf den Kletten, muß ich wieder an ihn denken. Dann stelle ich mir vor, wie Vladko die Hände hochheben und den verzuckerten Wald und die Sonne grüßen würde, bis ihm vor Kälte die Nase rot wird. Ich müßte dann lachen, weil in dieser weißen Welt doch noch etwas Rotes leuchtet.

Diese verzuckerte Wunderwelt hält sich aber nie lange. Wenn ich aus der Schule zurückkomme, ist es schon wärmer geworden, die Bäume sind wieder schwarz, und der Himmel ist voller dunkler Schneewolken. Und dann fällt bis zum nächsten Morgen so viel Schnee, daß er Gabka bis an die Knie reicht.

Dann sind auch die Hunde nicht mehr im Hause zu halten. Sie stürmen die Treppe hinunter, wälzen sich im Schnee und sind verrückt vor Freude, weil der schreckliche heiße Sommer vorüber ist und auch der nasse Herbst und weil es doch noch Winter geworden ist.

Ich habe mir oft überlegt, daß unsere Bernhardiner doch gar nicht wissen können, daß ihre Vorfahren von den Gletschern der Alpen gekommen sind, wo sie in einsamen Klöstern gezüchtet und mit kleinen Rumfäßchen am Hals losgeschickt wurden, um Wanderer aus Eis und Schnee zu retten. Das können sie wirklich nicht ahnen. Denn unsere Bernhardiner kommen ja aus Brünn, und den Winter erleben sie erst zum zweitenmal in ihrem Dasein. Und trotzdem wissen sie es irgendwie.

Als ich aus der Schule kam, war der Schnee gut dreiviertel Meter hoch. Da habe ich Gabka in Decken gewickelt und im Schnee vergraben. Natürlich so, daß sie genügend Luft hatte. Dann habe ich die Bernhardiner hinausgelassen, und die haben sie sofort gefunden, obwohl ich die Fußspuren mit einem Ru-

tenbesen verwischt hatte und alles sofort wieder von dichtem Schnee zugedeckt worden war.
Die Hunde fanden Gabka, gruben sie aus, packten sie aus den Decken, leckten ihr das Gesicht und die Hände und wärmten sie mit ihrem Atem. Als sie sich nicht bewegte – das hatte ich vorher so mit ihr verabredet –, legte sich Boj neben sie, und Strasch lief in die Hütte. Er zerrte mich so heftig zu der Stelle, wo Gabka lag, daß er mir beinah die Hose zerrissen hätte. Dann lief er noch zu Vater, stieß auch Mutter an den Beinen und rannte dann vor uns her zu Gabka. Keiner hatte ihnen das beigebracht. Sie müssen das in sich haben.

Als wir wieder ins Haus kamen, war es zwar schon dunkel, aber doch noch so hell wie oft an Winterabenden.
Die Retter mußten draußen im Gang bleiben, weil sie so naß waren. Zum erstenmal in meinem Leben tat mir das leid. Ich hatte drinnen in der warmen Küche das Gefühl, als wenn wir freundliche Menschen vor der Tür stehenließen, bloß weil sie mit ihren nassen Schuhen Pfützen auf den sauberen Fußboden gemacht hätten.
Ich ging auf den Gang, weil ich wußte, daß die Hunde sich freuen würden und darauf warteten, gelobt zu werden. Aber keiner von ihnen rührte sich, so als ob sie keine Ahnung hätten, was für eine Heldentat sie vollbracht hatten. Für sie war das offenbar ganz selbstverständlich.
Ich mochte sie nicht mehr im Gang lassen. Mit einem Lappen trocknete ich ihnen das Fell und die Pfoten und nahm sie mit in die Küche. Sie liefen zu Gabka, beschnupperten sie und berührten sie mit den Pfoten. Als sie merkten, daß Gabka lebte und gesund war, legten sie sich unter den Tisch und schliefen ein.

Donnerwetter, so möchte ich auch sein. Dinge tun, die keiner sonst tut, und dann überhaupt nicht damit angeben. Das möchte ich auch können. Ein bißchen hoffe ich darauf, daß ich so werde. Wenn ich nämlich an unseren Vuk denke. Was der alles weiß. Angst kennt der überhaupt nicht, und Gedichte schreibt er und kann fast alles, und nie hat er mit irgend etwas angegeben. Nicht einmal bewundern läßt er sich. Und Vuk ist schließlich mein Bruder. Wir sind aus einem Nest, also müssen wir einander doch ähnlich sein.

Ich freue mich, daß so viel Schnee gefallen ist. Jetzt kann ich wunderbar Ski fahren. Es würde mir auch nichts ausmachen, mit den Skiern in die Schule zu fahren. Zurück wäre es dann natürlich schon schwieriger. Ich würde erst in der Dunkelheit wieder zu Hause sein. Und das würden meine Eltern nicht erlauben. Und dann müßte ich bei den Rydziks unter dem Federbett schlafen. Da ist es schon besser, wenn der Autobus fährt und ich nicht unter dem Federbett schlafen muß.
Auch der Autobusfahrer ist im Winter besserer Laune. Er freut sich über seine neuen Winterreifen. »Das sind Reifen«, sagt er immer wieder, »schau dir das an, Djuro. Siehst du die Spur hinter uns? Die greifen im Schnee, was?«
Oft fahren auch Holzfäller im Autobus mit. Die Staatsforsten haben mit dem Holzschlag begonnen, drüben in einem Seitental, das Wolfsschlucht heißt. Vielleicht hat man dort einmal einen verirrten Wolf gefunden und das Tal darum so genannt. Aber Wölfe gibt es hier im Winter nicht. Ich habe die Holzfäller nach dem Tal gefragt. Denn im Sommer komme ich ja in alle Täler hier. Und jedem habe ich einen Namen gegeben. Und so wird es sicher eines von diesen Tälern sein.
Ich werde eine Landkarte mit Anmerkungen zeichnen. Die unterschreibe ich dann mit meinem Namen und schicke sie nach Bratislava. Das größte von den Tälern lasse ich aber ohne Namen, damit die in Bratislava es nach mir benennen können, das Trangoschtal. Das habe ich mir ja schließlich verdient.

Auch Skiläufer fahren schon mit dem Autobus dorthin, wo das Holz geschlagen wird. Keine Gäste aus der Stadt, sondern richtige Skiläufer.

Ganz regelmäßig kommt Julo aus Myta. Er trägt eine alte Skihose und einen Pullover aus rauher Schafwolle. Aber die Stiefel und die Skier sind immer musterhaft eingefettet. Und er hat die modernste Bindung, besser, als ich sie je bei den feinen Skiläufern aus der Stadt gesehen habe. Julos Hände sind immer rot von der Kälte, und auf dem Kopf hat er eine dünne schwarze Mütze aus Strümpfen von seiner Mutter.

Manchmal läuft er auch am Djumbier, und an den Sonntagen erteilt er mir Unterricht. Ich kann zwar ganz gut Ski laufen, aber mit Julo kann ich mich nicht vergleichen. Bis Februar ist Julo noch Jungmann, aber dann kann er sich an den Mai-Wettkämpfen am Djumbier beteiligen. Er will den Riesenslalom gewinnen und die alpine Kombination. Und ich weiß bestimmt, daß er das schafft.

Vater läßt ihn auch umsonst bei uns übernachten. »Wenn du einmal Weltmeister bist, schickst du mir eine Postkarte von den Olympischen Spielen«, sagt Vater.

Dieser Julo Mravec war in der vorigen Woche bis zum Montag bei uns. Wir haben uns jeder die Skier angeschnallt und sind zum Autobus gesaust. Ich mußte in die Schule, er wieder zur Arbeit.

Julo hatte sich eine tolle Sache ausgedacht.

»Warum sollen wir Ihnen den ganzen Schnee in den Autobus tragen?« sagte er durchs Fenster zum Fahrer. »Wir hängen uns einfach an den Autobus an, Sie fahren ganz normal wie immer und wir im Schlepp hinter Ihnen her.«

»Das habt ihr euch so gedacht«, lachte der Fahrer. »Nehmt das Seil weg und steigt ein, die Leute warten!«
»Nehmen Sie uns doch mit«, bat ich. »Wir sind wirklich gute Skifahrer.«
»Das ist schon möglich, aber wenn ihr euch die Knochen brecht, werde ich dafür eingesperrt. Jetzt steigt ein, oder ihr bleibt hier!«
»Hören Sie doch ...« Julo gab sich noch nicht geschlagen. Er hatte sich schon das Seil umgeschlungen. »Wir ziehen das freie Ende einfach um die Stoßstange und halten es dann fest. Wenn einer von uns hinfällt, lassen wir das Seil los, das löst sich dann von selbst von der Stoßstange. Sie brauchen sich überhaupt nicht darum zu kümmern und können ruhig weiterfahren. Wir kommen dann auf den Skiern nach.«
Der Fahrer ließ den Motor an, Julo blinzelte mir zu und warf mir ein Seil herüber. »So mußt du's machen«, sagte er, und ich schlang das Seil genau so, wie er es mir zeigte.
»Wir bezahlen auch die Fahrkarte, wenn Sie wollen«, sagte Julo zum Fahrer.
Der Fahrer lachte. »Ihr fahrt ja auf euren eigenen Beinen, da braucht ihr nichts zu bezahlen.«
»In Schweden machen die das immer so«, sagte Julo. »Das nennen sie Skijöring. Und was die Schweden können, können wir auch.«
»Nun gut«, sagte der Fahrer. »Wenn sich einer von euch die Zähne einschlägt, kann er sich ja bei den Schweden beklagen. Ich will damit nichts zu tun haben.«
Wir faßten jeder unser Seil, säuberten die Skier, damit der festgeklebte Schnee uns nicht bremste, und bereiteten uns auf die Fahrt vor.
»Die Beine etwas zur Seite«, kommandierte Julo, »und fest am Boden bleiben!«
Der Fahrer schrie: »Wir fahren los!« und hupte kurz. Die Auspuffgase hüllten uns ein.

»Achtung!« schrie Julo. »Das Körpergewicht nach hinten!«
Aber bevor ich seiner Anweisung folgen konnte, setzte sich der Autobus in Bewegung. Das Seil spannte sich, riß mich mit Gewalt nach vorn und warf mich zu Boden.
»Laß los!« schrie Julo.
Aber ich ließ das Seil nicht los. Einen Augenblick lag ich auf der Seite, dann auf dem Rücken, bis es mir schließlich gelang, auf die Beine zu kommen. Ich stand wieder sicher auf meinen Skiern, und dann ging es phantastisch. Skijöring ist das Schönste, was es auf der Welt gibt! Ohne Anstrengung saust man hinunter ins Tal, der Wind bläst einem um die Ohren, mal kniet man auf den Skiern, dann wieder fliegt man aufrecht, und in seinem ganzen Leben möchte man nur noch Skijöring fahren. Vor jeder Kurve hupte der Fahrer, dann verkürzten wir das Seil und hielten uns dicht hinter dem Autobus, um mit ihm zusammen um die Kurve zu kommen. Wenn man nämlich am langen Seil bleibt, kann man leicht im Bach landen. Das wäre zwar ein besonderer Spaß, aber doch ein ziemlich kalter.
Als wir etwa drei Kilometer so gefahren waren, begann Julo allerlei Kunststücke zu machen. Einmal fuhr er nur auf dem rechten Bein, dann auf dem linken, dann vollführte er einen Indianertanz, oder er flog wie eine Ballerina. Das wagte ich nicht, ich hätte es auch nicht gekonnt, denn ich mußte immerfort lachen. Vor dem Dorf wurde der Weg gerade, wir brauchten nicht mehr auf Kurven zu achten, und eben das wurde uns zum Verhängnis. Als wir die großen Schutthaufen neben dem Weg bemerkten, waren wir schon zu nahe daran. Wir stürzten direkt auf sie zu. Unmittelbar vor dem Hindernis bremsten wir, das Seil entglitt unseren Händen, und der gute alte Bus verschwand langsam in der Ferne.
Ich kam zu spät in die Schule, und Lehrer Fukatsch schlug mir beinahe einen Zahn aus. Mit seinem Rohrstock fegte er mir

die Mütze vom Kopf. Natürlich war es meine Schuld, aber ich dachte an das herrliche Skijöring und sagte nichts. Der Fukatsch konnte mich gar nicht ärgern.

Ich besorgte mir von einem Jungen einen Riemen von einem Pferdegespann mit acht Glöckchen dran. Schon lange hatte ich so etwas gesucht. Ich wollte es Boj und Strasch um den Hals hängen, damit es läutete, wenn sie Gabka im Schlitten zogen. Den Riemen teilte ich in zwei Hälften, vier Glöckchen band ich Boj um den Hals und vier Strasch. Boj erschrak. Er rannte los, aber je schneller er lief, desto stärker läuteten seine Glöckchen. Der dumme Kerl merkte gar nicht, daß das Gebimmel von seinem eigenen Halsband kam und daß er ihm nicht entgehen konnte, selbst wenn ihm Flügel gewachsen wären. Strasch dagegen fand sofort heraus, was los war, und weil er Ruhe haben wollte, blieb er bewegungslos stehen. Nur ab und zu schüttelte er den Kopf, um sich zu überzeugen, ob es noch immer spukte.
Ich nahm ihm das Halsband wieder ab und befestigte es ganz hinten am Schlitten. So konnte es zwar läuten, aber die Hunde nicht mehr erschrecken, sonst wären sie womöglich mit Gabka gegen einen Baum gerannt. Unser Schlitten ist massiv mit breiten Kufen, so daß man mit ihm auch abseits der geräumten Wege über die Berge fahren kann.
Schon im vorigen Jahr hatte ich den Hunden beigebracht, den Schlitten zu ziehen. Sie hatten sich dabei sehr ungeschickt angestellt, und ich mußte ihnen immer ein Stück Wurst unter die Nase halten. Und dann war es so: Wenn Boj ziehen wollte, dann saß gerade Strasch, und wenn Strasch sich zum Ziehen entschloß, setzte sich Boj. Darauf habe ich es mit jedem einzeln

geübt, und da ging es besser. Boj war williger, und deshalb nähten wir mit Mamka zusammen ein prachtvolles weißes Pferdegeschirr für ihn.
Jetzt laufen die Hunde gern mit dem Schlitten durch die Berge. Wenn sie merken, daß wir eine Fahrt vorhaben, stecken sie von selbst den Kopf durch das Geschirr. Besonders gern fahren sie Gabka. Das wundert mich gar nicht. Wenn Gabka das weiße Mäntelchen aus Kaninchenfell anhat und das rote Mützchen mit dem Fuchsschwanz auf dem Kopf, dann sieht sie aus wie eine Prinzessin aus dem hohen Norden. Sie hat weiße Filzschuhe und rote Fäustlinge. Wenn sie sich in den Schlitten setzt, nimmt sie den Zügel in die Hand und jauchzt. Dann bellen die Hunde vor Freude. Ich laufe auf den Skiern hinterher, aber oft entwischen sie mir, und ich höre nur an dem Geläute und an Gabkas Jauchzen, wo sie sind. Schon darum habe ich die Glöckchen an dem Schlitten angebracht.
Aber noch aus einem andern Grunde wollte ich die Glöckchen haben: nämlich, damit es hübsch läutet, wenn in den Weihnachtsferien die Studenten kommen und wir die Koffer vom Autobus abholen.
Mit Gabka haben wir drei Bäume für Weihnachten ausgesucht. Einen kleinen für das Zimmer der Eltern. Die zweite Tanne, die etwas größer ist, kommt zu uns in das Zimmer fünfzehn. Die dritte Tanne wird im Speisezimmer stehen, sie reicht bis zur Zimmerdecke. Sie bekommt überhaupt kein Zuckerwerk, sondern nur gläserne Kugeln, Kerzen und lange silberne Ketten. Dieser Baum ist der schönste, aber unser Baum ist der beste, wenn er auch nicht schön ist. Wie soll er denn auch schön sein, wenn nach drei Tagen von der Schokolade und dem Zuckerwerk nur noch die Fäden und das Papier dranhängen!
Im allgemeinen mache ich keine Weihnachtsgeschenke. Nicht, weil ich kein Geld hätte. Ich könnte mir ja welches sparen. Mamka gibt mir immer das Kleingeld, wenn ich etwas aus dem Laden hole. Ich könnte also für Gabka eine Puppe kaufen.

Aber wenn ich in den Laden gehe, treffe ich immer so viele aus der Schule, und die würden mich wegen so einer blöden Puppe natürlich auslachen.
Aber in diesem Jahr habe ich mir etwas ausgedacht, worauf keiner kommen würde. Dazu muß man natürlich erst mal den richtigen Ast finden. Den habe ich zurechtgemacht. Ich habe die Rinde abgeschält und mit glühendem Draht Ornamente in das weiße Holz gedrückt. Dann habe ich ihn ausgehöhlt. Das gibt einen schönen Kerzenständer, und gekostet hat er mich gar nichts, nur zwei Kronen zwanzig für die roten Kerzen. Dieser Ständer ist für die Eltern.
Für Gabka und Jula habe ich für ein paar Heller Spiegel gekauft, denn für Mädchen sind Spiegel die Hauptsache. Das Wertvollste daran sind die Rahmen, die ich gemacht habe. Sie sind aus weißem Holz, und ich habe sie ebenso verziert wie den Kerzenständer. Am schwierigsten war es, die Namen einzugravieren: Gabriela und Jula. Weil ich dadurch so viel Geld gespart habe, konnte ich für Vuk ein schönes Messer kaufen mit allen Schikanen, auch mit einem Korkenzieher.
Ich bin neugierig, was ich wohl zu Weihnachten bekomme. Ich möchte mich ja nicht umsonst angestrengt haben. Aber ich habe so eine Ahnung, daß für mich diese besonders schönen Skistöcke vom Himmel fallen. Wenn dann noch Schuhe, Blue jeans und so ein Pullover, wie Vuk ihn hat, dazukämen, wäre ich ganz zufrieden.
Weihnachten ist gar nicht so übel. Man bekommt Geschenke, es gibt Süßigkeiten, die Schule fällt aus, die Studenten kommen, und die Hütte ist voll von Skifahrern.

Beinahe hätte Boj, dieser dumme Bursche, alles verdorben. Ich hätte ihn dafür erschlagen können.
Am vorletzten Schultag kam er mir nicht entgegen. Schon von weitem sah ich, warum. Er lag an der Kette. Solange ich lebe, hat bei uns noch kein Hund an der Kette gelegen. Ich konnte

mir überhaupt nicht vorstellen, was für ein schweres Verbrechen er begangen haben sollte, daß er dafür von Vater an die Kette gelegt wurde und daß Mamka und Gabka das zugelassen haben.

Gabka kam die Treppe heruntergerannt. Boj zerrte an der schweren Kette und versuchte, Gabka zu erreichen. Sie drehte sich um und gab dem Hund mit der ganzen Kraft ihrer kleinen Hand eins hinter die Ohren. Dann lief sie aufgeregt zu mir, und es schien, als würde sie gleich anfangen zu weinen.

»Dieser Köter«, schrie sie, »dieser lausige Hund! Weißt du, was er gemacht hat?«

»Was denn?«

»Ein Reh!« rief sie. »Er hat ein Reh gefressen!«

»Unsinn«, sagte ich. »Was für ein Reh?«

»Ein lebendiges! In den Bergen ...«

Ich überlegte. Das war doch Unsinn. Ohne Gewehr kann niemand ein Reh jagen, nur ein Wolf oder ein Luchs. Aber niemals so ein Tolpatsch wie unser Boj.

»Wer hat ihn an die Kette gelegt?« fragte ich.

»Vater natürlich«, sagte Gabka. »Und er hat ihn schrecklich verdroschen. Sie haben ihn erwischt.«

»Wo haben sie ihn erwischt?«

»Wie er Fleisch aus dem Schnee gegraben hat und es fressen wollte.«

»Was für Fleisch? Und wieso aus dem Schnee?«

»Sag ich doch!« Gabka tat beleidigt. »Das Fleisch von dem Reh! Das ganze hintere Bein!«

»Was quatscht du da?« schrie ich. »Erst sagst du: vom Reh, und dann: aus dem Schnee.«

»Ja, vom Reh!« Gabka weinte. »Aus dem Schnee!«

Ich ließ sie stehen und rannte ins Haus, um den Vater zu suchen. In der Küche erfuhr ich die ganze Wahrheit.

Schon vor zwei Tagen hatte Jula bemerkt, daß Boj nicht mehr aus der gemeinsamen Schüssel für die Hunde fraß. Er leckte

nur etwas an dem, was drin war, und rannte dann hinaus. Sie sah ihm durch das Küchenfenster nach. Er verdrückte sich hinter den Schweinestall und schlich hinauf in die Berge. Als er zurückkam, leckte er sich die Schnauze. Am nächsten Morgen folgte Jula ihm. Aber Boj bemerkte sie, lief unschuldig um den Schweinestall und dann zu seiner Freßschüssel zurück. Jula jedoch hatte ihm nichts mehr zu fressen gegeben.
Der hungrige Boj machte sich nach einer halben Stunde wieder auf den Weg in die Berge. Aber nun hatte der Vater aufgepaßt. Im Gegenwind konnte Boj ihn nicht wahrnehmen. Geschickt grub der Hund im Schnee und machte sich zufrieden über das Fleisch her.
Als Vater ihn am Fell packte, fletschte Boj zum erstenmal in seinem Leben die Zähne. Strasch tat das oft bei anderen, aber nie bei Vater. Boj jedoch knurrte niemanden an und fletschte auch nicht die Zähne. Und jetzt hatte er es bei Vater getan.

Ich ging wieder hinaus und betrachtete mir den an die Kette gelegten Boj. Er tat lammfromm und unglücklich. Als er mich sah, begann er jämmerlich zu winseln. Ich sollte ihn befreien. Aber von mir konnte er nun wirklich kein Mitleid erwarten.
Wie Boj zu dem Reh kam, ob er es selbst gejagt hatte oder ob es von einem Wilderer erschossen wurde, werden wir nie erfahren. Auch nicht, wie er es hergebracht und dann in seine Schnee-Speisekammer eingegraben hat.
»Vielleicht hat er gar nicht das ganze Reh hergebracht«, sagte ich. Denn wir fanden tatsächlich nur die Rehkeule.
»Das ändert nichts«, brummte Vater. Er trat zu Boj, ließ ihn an der Rehkeule riechen und schlug ihn mit dem Riemen. Das tat er mindestens jede Stunde. »Wir werden doch sehen«, schrie er, »ob ich dir deine Gelüste auf Fleisch nicht austreiben kann. Entweder wirst du wieder ein anständiger Hund, oder ich erschieße dich im Steinbruch!«

Ich erschrak. Ich konnte nicht glauben, daß Boj ein Reh getötet hatte. Ich weiß, daß er kein rohes Fleisch essen darf. Aber vielleicht hatte er das Reh gefunden. Dann brauchte er doch nicht gleich erschossen zu werden. Und er wird so was bestimmt nie wieder tun.
Boj bekam noch oft Prügel. Daran war nichts zu ändern. Vater fürchtete wohl im stillen, daß Boj vielleicht auch einen Menschen angreifen und zerfleischen könnte. Aber das glaube ich nicht. Ich kenne Boj. Eher würde er einem Menschen mit allen Kräften helfen. Das ist seine Stärke.
Die Prügel gönnte ich ihm. Schon deshalb, weil er mir Weihnachten verdorben hatte.
Morgen und übermorgen wollten wir zum Autobus gehen und Vuk und die Studenten abholen. Das wäre ein eindrucksvolles Bild gewesen: unser Schlitten zwischen den verschneiten Bäumen. Und die Mädchen hätten mein Gespann bewundert.
Aber nun lag das Leittier an der Kette.
Boj würde bis Neujahr an der Kette bleiben. Auch schlafen mußte er draußen in der Hundehütte.
Damit hatte Vater schon recht. Über Weihnachten ist hier immer ein solches Durcheinander, daß man keine Zeit hat, auch noch auf die Hunde zu achten. Und wenn Boj dann zufällig wieder Lust bekommen würde, zu jagen und in die Berge zu verschwinden?
Vor den Gästen war es eine ganz schöne Blamage. Ein Bernhardiner, ein edler Rettungshund, lag an der Kette. So etwas sieht man nicht alle Tage.

Wir kämpften uns durch den dicken Nebel. Keinen Meter weit konnte man sehen. Es war drückend warm. Diese Schwüle paßte gar nicht zu dem Schneegestöber. Alles war drückend, auch die Luft. Der Atem ging schwer. Große Schneeflocken tanzten einem vor den Augen. Wir waren völlig durchnäßt. In meinem ganzen Leben hatte ich noch keinen solchen Schneesturm erlebt, tobend und schwül.

Ich hatte Vuk und Strasch aus den Augen verloren. Ich blieb stehen. Verzweifelt rief ich nach den beiden. Aber es war so, als würde man in ein nasses Federbett schreien. Ich hörte meine eigene Stimme kaum und fing an zu zweifeln, ob ich je aus dieser Hölle wieder herausfinden würde. Niemand hörte mich, und ich wußte nicht, in welche Richtung ich mich wenden sollte. Ich drehte mich mit dem Rücken gegen den Sturm. So konnte ich jedenfalls atmen. Wieder versuchte ich, mich bemerkbar zu machen. Vielleicht hörte man Pfeifen. Oder wenn ich mit ganz hoher Stimme rief. Ich beschloß stehenzubleiben. Wenn man sich verirrt hat, darf man nicht wie ein Hase in der Gegend herumrennen. Man wird viel eher dort wiedergefunden, wo man verlorengegangen ist. Weil die Luft so unnatürlich warm war, konnte ich auch nicht erfrieren, auch wenn ich bis zum Abend warten mußte.

Schon tat es mir leid, daß ich Vuk zu dieser Tour überredet hatte. Weil ich am Bus vergebens auf Liva gewartet hatte, wollte ich wissen, wie es ihr auf der Povstalecka-Hütte ging. Aber dann kamen wir in den Schneesturm. Als wir zu den ersten Hügeln kamen, wollten wir umkehren, denn das Wetter verschlechterte sich rasch. Aber dann hatten wir die Orientierung verloren. Unsere Hütte mußte ganz in der Nähe sein. Die Umgebung kannte ich gut, aber jeden einzelnen kleinen Baum konnte ich natürlich auch nicht kennen. Jeden Hügel hinter der

Hütte kannte ich. Und mindestens hunderttausendmal waren wir über diesen Hügel gerast. Aber dann kommt so ein Schneesturm – und verschwunden ist die Hütte.
Ich hatte mir überlegt, daß morgen oder übermorgen Vuks sehnsüchtig erwartete Jana kommen würde und daß ich dann kaum noch etwas von ihm haben würde. Deshalb wollte ich ihn überreden, auf die Povstalecka mitzukommen, obwohl ich gehört hatte, wie Vater die Gäste warnte, zu weit zu gehen, weil das Barometer fiel, der Schnee taute und Lawinen sich lösen konnten. Aber ich dachte, das sei ein Trick, um die Gäste in der Hütte zu halten und dann möglichst viele Mittagessen ausgeben zu können.
»Strasch!« schrie ich in den Nebel. »Was bist du bloß für ein Bernhardiner, wenn du deinen eigenen Herrn nicht wiederfinden kannst?«
Ich war richtig wütend. Aber vielleicht hatte das geholfen. Denn ganz nahe hörte ich das tiefe Gebell von Strasch. Und dann hörte ich Vuk rufen.
»Hallo, du verirrter Wanderer«, schrie er, »reich mir deinen Skistock! Ich nehme dich ins Schlepp.«
Auf Vuks Stirn unter der durchweichten Mütze klebte das nasse Haar. An den Augenbrauen, den Wimpern und dem ganzen Gesicht hingen silberne Tropfen. Seine schwarze Windjacke war durchnäßt, nicht nur über den breiten Schultern, sondern über der ganzen Brust. Wenn ich Jana wäre, würde mir Vuk auch gefallen.

Jetzt war der Schneesturm schon nicht mehr so schrecklich. Nicht, daß er aufgehört hätte oder auch nur weniger heftig geworden wäre. Aber wenn man zu dritt ist, dann ist alles nicht mehr so schlimm, wie wenn man allein in einer solchen Lage ist.
Nach einer halben Stunde waren wir in der Nähe einer menschlichen Behausung. Wir mußten lachen, als wir feststellten, von

welcher Seite wir uns der Hütte näherten. Nämlich überhaupt nicht von der Povstalecka, sondern genau von der anderen Seite.
In der Hütte war schon reger Betrieb. Vater hatte festgestellt, daß keiner der Gäste noch draußen im Schneesturm war, und war zu Mamka gegangen, um ihr zu sagen, wie viele Mittagessen sie ausgeben sollte. Es waren sechzig. Darum lief Jula auf Zimmer fünfzehn und wollte mich zum Kartoffelschälen holen. Aber wer nicht da war, das waren Vuk und ich. Mamka kriegte einen gewaltigen Schreck (das kann man ihr nicht abgewöhnen), und ich höre direkt, wie sie geschrien haben wird: »Schaut im Schuppen nach, ob die Skier da sind!«
Aber natürlich war da auch keine Spur von den Skiern. Vor Angst konnte Mamka kaum richtig kochen. Aber es beruhigte sie ein wenig, als sie merkte, daß auch Strasch nicht da war. Erst danach begann sie mit dem Kuchenbacken.
Wir fanden Vater vor der Hütte, wie er sich, die Schaffellmütze auf dem Kopf, mühte, das Jagdhorn von Förster Rydzik zu blasen. Zweimal kam auch ein Ton heraus. Aber es klang wie das Blöken eines Schafes, das versucht, das Brüllen eines Hirschs nachzumachen. Es sollte für uns das Signal sein, nach dem wir uns orientieren konnten.
Schon seit langem hatte Vater das Touristenbüro um eine Glocke gebeten, wie es sie auf der Povstalecka gibt. Bei Schneestürmen oder dichtem Nebel wird diese Glocke immer geläutet, um denen, die sich verirrt haben, ein Zeichen zu geben. An der Glocke ist auch eine starke Glühbirne. Die strahlt im Nebel wie ein Leuchtturm. Denn im dichten Nebel breitet sich ein Lichtschein gut aus und ist schon von weitem zu sehen.
Aber das Touristenbüro schrieb meinem Vater: »Wir halten die Anschaffung einer Glocke für unnötig. Sie würde auch zu teuer werden.«

Vater las den Brief, und dann zerriß er ihn in winzige Fetzen. Und nun wollte der Ärmste uns mit einem Jagdhorn retten, auf dem er gar nicht blasen konnte.

Als Vater uns aus dem Schnee kommen sah, nahm er das Jagdhorn und haute uns damit eine runter. Aber was konnten wir denn dafür, daß er nicht blasen konnte.
»Seid ihr denn von allen guten Geistern verlassen?« schrie er, während wir uns schon auszogen. »Da verschwindet ihr einfach und sagt keinen Piep. Vater und Mutter brauchen ja nicht zu wissen, wo ihr steckt.«
»Die Mutter ist vor Angst fast gestorben«, sagte Gabka, »aber euch ist das ja egal. In zwei Stunden ist es dunkel. Wo habt ihr euch denn überhaupt herumgetrieben?«
»Nur ums Haus rum«, sagte Vuk.
Ich sagte lieber gar nichts.
»Ums Haus rum! Volle sechs Stunden!« brummte Vater.
»Zigeuner!« sagte Gabka giftig.

Als wir wieder trockene Sachen anhatten, fühlten wir beide, Vuk und ich, uns prima. Wir holten Matratzen aus dem Lager und bereiteten im Zimmer der Eltern für uns das Nachtlager vor. Gabka würde mit Jana auf Zimmer fünfzehn schlafen.
»Dieses Mal kommt sie ganz bestimmt«, sagte Vuk strahlend. »Und du mußt dich ein bißchen um Gabka kümmern, damit sie Jana nicht gleich am ersten Tag auf die Nerven fällt. Gabka ist zwar sehr lieb, aber du weißt ja, wie sie an einem kleben kann.«
Das wußte ich allerdings sehr gut. Ich war mir nur nicht sicher, ob man sie davon abhalten konnte, wieder so etwas anzustellen wie damals bei Liva. Boj hatte zwar keine Flöhe mehr und lag außerdem an der Kette. Aber Gabka würde sich schon etwas anderes einfallen lassen.

Am Heiligen Abend hat Vater erlaubt, daß Boj hereinkam. Aber erst nach neun, nach dem Abendessen, denn dann bekommen bei uns alle Tiere die Reste vom Weihnachtsessen. Auch den Hühnern bringt Jula was, damit sie brav Eier legen, und dem Schwein, damit es dick wird und wir im Januar einen schönen Schinken haben.

Boj war glücklich. Er heulte nicht einmal, als wir Weihnachtslieder sangen.

Ich hätte gern was im Fernsehen gesehen (es ist schon seit zwei Tagen angeschlossen), aber das Speisezimmer war voll von Menschen. Die saßen um den großen Baum, an dem elektrische Kerzen brannten, und sangen.

An unserem Bäumchen brennen richtige Kerzen aus Wachs. Sie qualmen ein bißchen und versengen die Nadeln am Baum. Das ganze Zimmer duftet, so daß man am liebsten weinen möchte, und wenn wir dann zweistimmig »Die Hirten hüten die Schafe« singen, kommen Mamka wirklich die Tränen. Dann schaltet der Vater das elektrische Licht aus. Vuk hat beim Kerzenschein der Mutter heimlich die Hand geküßt. Ich habe es gesehen, und es tat mir leid, daß ich nicht näher bei Mamka saß.

So habe ich mir wenigstens am Baum eine Kerze ausgesucht, und auf die habe ich geschaut, wie sie brennt, und habe mir vorgestellt, daß genau in diesem Augenblick auch Liva auf eine Kerze sieht und an mich denkt. Mir fehlt Liva sehr.

Wir haben auf unserem Bäumchen keine Glasspitze. Die Bäume sind immer so knorrig gewachsen, daß man oben keine Spitze anbringen kann. Und Mamka erlaubt nicht, daß man den Wipfel abschneidet, damit niemand aus der Familie im kommenden Jahr stirbt. Vater lacht darüber. Aber er rührt den Wipfel nicht an. Auch mir gefällt ein Bäumchen mit einem natürlichen grünen Wipfel besser als mit einer Glasspitze.

Der große Baum im Speisezimmer hat eine prächtige Spitze aus Glas mit Glöckchen daran. Aber der Baum ist für die Gäste, der geht unsere Familie nichts an. Und die Gäste wollen gar keinen grünen Wipfel. Die würden sich wundern, wenn der Baum nicht richtig mit einer Spitze geschmückt wäre.

»Steh auf, Boj«, sagte Vater, »du mußt zurück an die Kette!« Wir hatten schon gehofft, Vater würde ihn vergessen. Aber so ist Vater nun mal. Mamka wollte noch ein gutes Wort für Boj einlegen, aber der Hund stand gehorsam auf. Er ließ sich in die Dunkelheit hinausführen und an die Kette legen. Vielleicht plagte ihn wirklich das Gewissen, und er wollte die gerechte Strafe abbüßen. Aber wir hatten für den Armen nun nur noch mehr Mitleid, weil für ihn jetzt der Traum von der hochheiligen Nacht zerrann.

Vuk und ich beschlossen damals, daß wir Vater bitten wollten, uns Boj zu überlassen, wenn wir Jana mit dem Schlitten abholten. Sie sollte allein kommen, einen Tag vor Silvester.

»Willst du sie eigentlich heiraten?« fragte ich Vuk.
Er lachte. »Dir bring ich noch die Flötentöne bei, du Zwerg«, sagte er. »Du hast dich um den Schlitten zu kümmern. Und um Gabka. Und benimm dich anständig! Jana ist das liebste Mädchen auf der ganzen Welt, und es dürfte nicht mal dir schwerfallen, freundlich und aufmerksam zu ihr zu sein.«
Das mußte ich mir also anhören. Als ob ich mich nicht immer anständig benehmen würde.
Was nun den Schlitten betraf: Glöckchen waren dran. Aber vielleicht sollte ich für das Fräulein Braut und den Herrn Bräutigam auch noch Schleifchen dranbinden? Ungewiß war nur, wie es mit Boj wurde. Es kam ganz darauf an, wie Vater gerade aufgelegt war.

Als der Autobus hielt, stand ich da wie eine Indianerstatue. Mich ging das Ganze ja nichts an. Mochten sie sich umarmen

und küssen wie in einem kitschigen Film. Das war Vuks Sache. Ich war nur der Hundeführer. Sonst nichts.
Die Skifahrer stiegen langsam aus dem Bus. Eigentlich war er nun schon ganz leer. Vuk stand wie angewurzelt da. Endlich sprang ein Mädchen heraus. Sie lachte mit weißen Zähnen und hatte ein Grübchen am Kinn, und als Vuk immer noch ganz steif dastand, bewarf sie ihn mit nassem Schnee.
Vuk kam schließlich zu sich. »Hallo, Jana«, sagte er. »Ich dachte schon, du wärst gar nicht mitgekommen. Wo hattest du dich denn versteckt? Also, herzlich willkommen bei uns.«
Wie zwei Idioten standen sie sich gegenüber. Ich hielt es für besser, inzwischen den schwarzen Lederkoffer und die Skier auf den Schlitten zu laden. Die beiden gaben sich die Hand, und dann wußten sie wieder nicht, was sie machen sollten.
»Djuro«, schrie Vuk plötzlich, als ob er gerade Amerika entdeckt hätte, »kannst du dich nicht vorstellen? Janinka, das ist mein Bruder.«
Das war die Höhe. Weil er nicht wußte, was er sagen sollte, mußte ich herhalten. Aber ich rächte mich.
»Hundeführer Trangosch Juraj«, sagte ich salutierend. Als Jana mir die Hand gab, küßte ich sie untertänigst. Wie im Zirkus. Aber das war dumm und ziemlich lächerlich.
Jana lachte, und ich ging zurück zu den Hunden. Blitzschnell war Jana hinter mir, sah einen Augenblick auf das Gespann und streckte dann die Hand aus. »Hallo, Strasch«, sagte sie. Und es war tatsächlich Strasch.
Überrascht gab Strasch ihr die Pfote. Boj machte es ihm wie ein Affe nach.
Natürlich hatte ihr Vuk so viel über die Hunde erzählt, daß sie Strasch sofort an den dunklen Rändern um die Augen erkannte.

Bergaufwärts ging es schwer. Der nasse Schnee klebte unter unseren Füßen. Ich ging vor dem Schlitten. Plötzlich hörte ich hinter mir die Glöckchen. Und hinter den Glöckchen ging ein turtelndes Paar, das dachte, ich merkte es nicht, wie sie dauernd Händchen hielten. Aber ich habe einen zweiten Blick. Mit dem sehe ich alles, auch das, was hinter meinem Rücken vorgeht.

Vuk warf Jana in den Schnee und seifte sie ein. »So werden bei uns die Gäste begrüßt«, sagte er. Was für ein Quatsch! In meinem ganzen Leben ist bei uns noch nie jemand so begrüßt worden.
Jana sprang auf und trocknete sich das Gesicht. Dabei lachte sie die ganze Zeit, und Vuk löste ihr den Schnee aus dem Haar. Janas Haar war hell und lang. So wie bei einem Menschen aus der Urzeit. Aber es sah hübsch aus, nicht so wie in den Geschichtsbüchern. Eine Mütze hatte Jana nicht, nur ein kleines hellblaues Tuch, das sie wie ein Band zusammengefaltet und unter den Haaren zusammengebunden hatte. Bei uns tragen die Mädchen das nicht so. Aber man konnte nicht sagen, daß es häßlich war. Janas Augen konnte man nicht sehen. Vuk sah sie wahrscheinlich, aber ich nicht.

»Warte, Djuro! Halt mal einen Moment an!« rief Vuk. »Ich werde jetzt den Koffer nehmen, und dafür setzt Jana sich in den Schlitten. Sie ist noch nie so Schlitten gefahren.«
»Ist das nicht zu schwer für die Hunde?« fragte Jana besorgt. Aber im selben Augenblick saß sie schon im Schlitten. Ich schob die Skier zur Seite, damit sie es bequemer hatte.
»Ob die mich ziehen?« fragte Jana.
»Die ziehen dich schon«, sagte ich. Aber im stillen sagte ich zu den Hunden: »Seht ihr wohl, da haben wir den Salat.«
Der Schlitten war jetzt wirklich so schwer, als säßen mindestens vier Gabkas drin.
Es war hier nicht mehr so steil. Aber als die Hunde anfahren wollten, kratzten sie eine Zeitlang auf der Stelle und warfen

mit ihren acht Pfoten den Schnee hinter sich, so daß es aussah, als ob eine Rakete startete. Vuk schob von hinten an, und schließlich setzte der Schlitten sich in Bewegung.

Wenn die Hunde einmal in Fahrt waren, konnte keiner sie mehr aufhalten. Boj war glücklich, daß er sich nach so langer Zeit wieder frei bewegen konnte. Er bellte vor Freude und riß auch Strasch mit sich fort. Der Schlitten flog dahin, Jana jauchzte, und Vuk und ich liefen hinterher.

Als wir bei der Biegung ankamen, war nichts mehr von ihnen zu sehen.

Vuk war besorgt, aber ich mußte furchtbar lachen. Ich stellte mir vor, wie unsere Familie die Augen aufreißen würde, wenn plötzlich unter dem Fenster das Geläute des Schlittens ertönte und Boj und Strasch mit lautem Gebell die Ankunft Ihrer Hoheit, der Prinzessin Jana aus Ruschomberok, ankündigten. Ohne Begleitung und ohne Hundeführer!

Ich packte einen der Griffe von Janas Koffer, und so trotteten Vuk und ich heim.

»Jetzt ist sie Gabka direkt in die Arme geflogen«, sagte ich.

Wir liefen so schnell, daß ich Seitenstiche bekam.

Als wir zu Hause ankamen, war alles ganz anders, als wir es uns vorgestellt hatten. Jana saß in Socken im Zimmer, ihr gegenüber Vater und Mutter. Sie war sehr verlegen, und da konnte ich sehen, was für schöne Augen sie hatte. Mamka hatte ihr Kekse vorgesetzt. Aber Jana hielt ein Hörnchen in der Hand und knabberte ab und zu daran herum. Ich hatte den Eindruck, daß sie erstickt wäre, wenn sie etwas mehr davon abgebissen hätte.

Vater saß wie auf Nadeln und sagte: »Nun ja« und: »Wie geht es Ihren Eltern?« Das war seltsam, denn Vater scherzt im allgemeinen mit den jungen Damen. Darum mögen ihn alle.

Aber am seltsamsten benahm sich Gabka. Sie stand verlegen an dem Küchenwandbrett, wo das große hölzerne Salzfaß steht. Nur von fern, durch die Tür, beobachtete sie Jana.

Man sah, wie Jana sich freute, als endlich Vuk ins Zimmer kam. Aber – was es nicht alles gibt auf der Welt – Vuk blieb stehen. Dann gab er sich plötzlich einen Ruck, ging auf Jana zu, nahm sie bei der Hand und sagte mit ganz fremd klingender Stimme: »Maminka, das ist Jana.«
Vater lachte. »Wir haben uns schon bekannt gemacht«, sagte er. »Aber du bist ja ein schöner Kavalier, vertraust einfach so ein hübsches Mädchen diesen beiden verrückten Hunden an.«
Jana wurde rot. Ich fürchtete schon, sie würde anfangen zu weinen. Es wurde mir klar, daß ich sie gern hatte. Und ich ärgerte mich über das Gerede von Vater mit dem »hübschen Mädchen«. Ich ärgerte mich auch über mich und das Theater, das ich mit dem Handkuß gemacht hatte.
Ich verdrückte mich unauffällig in die Küche und stieß Gabka an. »Was stehst du denn da wie eine Salzsäule?« sagte ich.
Ich sage absichtlich »Salz«. Denn als Gabka klein war, naschte sie nicht wie andere Kinder Zucker, sondern Salz, und zwar aus diesem hölzernen Salzfaß. Als Mamka das merkte, stellte sie das Salz zwei Bretter höher. Darauf stand Gabka genau wie jetzt vor dem Küchenwandbrett, sagte kein Wort und trotzte den ganzen Tag. Als sie sah, daß das Salzfaß auch am nächsten Tag noch da oben stand, wurde sie rot vor Zorn und schrie: »Was soll das heißen? Wo ist das Salzfaß? Das hat doch immer hier gestanden. Was soll das heißen?«
Die Eltern erinnern sich auch heute noch daran, wie sie damals gelacht haben.
»Komm raus, Salzsäule«, sagte ich und nahm Gabka bei der Hand.
»Nein«, sagte sie trotzig. Und dann flüsternd: »Wer ist die da?«
»Das ist Jana, die unserem Vuk immer Briefe aus Ruschomberok schreibt.«
»Nein!« kreischte Gabka.

Kinder sind doch komisch. Ich hätte gern gewußt, wie Gabka sich Vuks Freundin vorgestellt hatte. Wahrscheinlich wie ein kleines Mädchen, mit dem sie hätte spielen können. Und jetzt war sie genauso enttäuscht wie damals, als man ihr das Salzfaß wegnahm.
Oder Gabka war beleidigt, weil Jana ihr nicht vorgestellt wurde. Gabka ist immer sehr schnell beleidigt, vor allem, wenn die Erwachsenen sie nicht genügend beachten.
Ich konnte sie nicht vom Wandbrett wegbekommen.
Erst als Vuk Jana in das Zimmer fünfzehn brachte, damit sie ihre Sachen auspacken konnte, hielt Gabka es nicht mehr aus und lief ihr nach. Die Fünfzehn ist Gabkas Königreich. Sie konnte es nicht ertragen, daß ein anderer Jana dort einführte.
Weil Gabka ging, ging auch ich in die Fünfzehn. Und dann wurde es dort so phantastisch, daß wir uns bis zum Abend unten nicht mehr blicken ließen. Mamka brachte uns Kuchen und Tee, und keiner mußte in die Küche zum Kartoffelschälen oder Geschirrabtrocknen.
»Mach es dir bequem, Jana«, sagte Vuk. »Leg dich aufs Bett. Du bist sicher müde. Wir haben allerdings keine Federbetten, sondern nur Decken.«
»Gott sei Dank«, sagte ich und erzählte, wie man unter der Federdecke in der Försterei schlief. Ich dachte mir einen schrecklichen Traum aus, den ich unter dem Federbett geträumt hätte. Alle Felsblöcke vom Djumbier waren lebendig geworden und hatten mich mit Lärm und Getöse verfolgt. Mit schrecklichen Augen und auf Beinen, die fadendünn waren, liefen sie hinter mir her. »Natürlich«, sagte ich, »haben mich die Felsblöcke dann erdrückt. Aber als ich schweißgebadet aufwachte, waren es keine Felsblöcke, sondern diese schwammigen Federbetten.«
Vuk lachte. Er glaubte natürlich kein Wort von meiner Geschichte. Auch Jana lachte. Wieder konnte man ihre Augen

nicht sehen, und ich stellte fest, daß man sie nur sieht, wenn sie sich fürchtet oder wenn sie Vuk anschaut.

Wir holten uns aus der Küche das Radio, und Jana zeigte uns einen neuen Tanz, bei dem alle in einer langen Reihe hintereinander stehen. Dann hopst man nur und wirft dabei die Beine zur Seite. Wir hatten das sehr schnell heraus.
Dann kam Vater und wollte nachsehen, was wir trieben. Als er uns da so herumhopsen sah, stellte er sich vor Gabka und sprang ein paarmal wie ein Tanzbär. Das sah so schrecklich komisch aus, daß wir uns vor Lachen nicht mehr halten konnten.
Gerade als Vater wieder gehen wollte, entdeckte ich Boj unter dem Bäumchen. Ich erschrak, denn er hätte schon längst wieder an der Kette liegen müssen. Vater jedoch schüttelte nur strafend den Kopf und sagte: »Aber, aber!« Jana zu Ehren erließ er Boj die Kette.
Dann wollte Gabka mit Boj Kunststücke zeigen. Ich stellte das Radio ab, denn ich wußte, wie sehr Boj unter Musik litt, auch wenn er jetzt aus Anstand nicht jaulte. Gabka legte sich auf Boj und nahm seinen Kopf zwischen die Arme. So hatte sie es in einer Zeitschrift gesehen, in der eine Tigerdressur abgebildet war. Es sah sehr komisch aus, und wir klatschten Beifall. Auf den Beifall würde Gabka unter keinen Umständen verzichten. Aber nun wurde sie immer frecher und wollte auch noch das Huhn Krampulka aus dem Schuppen holen. Vuk gab mir durch ein Zeichen zu verstehen, daß ich meine Pflicht tun sollte. Unauffällig versuchte ich, Gabkas Aufmerksamkeit auf den Baum zu lenken. Aber sie bestand auf ihrer Krampulka. Ich flüsterte ihr zu, sie solle doch für Jana etwas vom Baum holen. Sie durchsuchte sorgfältig alle Zweige und fand schließlich tatsächlich noch ein allerletztes Stück Schokolade.
»Vielen Dank, Gabka«, sagte Jana, brach ein Stückchen ab und reichte Gabka den Rest. Die ließ sich nicht zweimal auffor-

dern. Denn für Salz schwärmte das kleine Biest jetzt nicht mehr.

Jana hat keine Schwestern, aber zwei elfjährige Brüder. Und das reicht auch. Es sind nämlich Zwillinge.
In der Schule sitzen sie auf einer Bank. Wenn der eine, Pavel, die Aufgabe nicht kann, dann antwortete sein Bruder Peter. Und umgekehrt. Der Lehrer merkt das gar nicht, weil man die beiden nicht auseinanderhalten kann, so ähnlich sind sie sich.
»So einen Bruder möchte ich auch haben«, sagte ich, »ich meine, vor allem für die Schule.«
»Und ich eine Schwester«, sagte Jana, »besonders für Mathe.«
Sie sah Vuk an und lachte.

Ja, solche Geschwister müßte man haben. Was habe ich denn schon an Vuk? Bereits das vierte Jahr ist er nicht zu Hause, sondern in Stiavnice. Und selbst wenn er zu Hause wäre, würde er in der Schule nicht für mich antworten können. Ich muß mich also ganz allein abplagen.
Jula holte uns zum Abendessen. Ich sah, wie sie sich Janas Frisur genau anschaute.
Jetzt fang bloß nicht an zu meckern, dachte ich. Denn für Jula ist jede gleich ein Flittchen, die das Haar nicht glatt trägt.
»Wie gefällt sie dir?« fragte Jula mich, als wir die Treppe hinuntergingen.
»Mir? Ich finde sie ganz toll. Und dir?«
»Hauptsache, daß sie Vuk gefällt«, sagte Jula achselzukkend.
Das hieß, daß Jula sie nicht besonders mochte. Jula war schlecht gelaunt, weil ihr Flieger nicht über die Feiertage gekommen war. Und wenn sie schlechte Laune hat, gefällt ihr nichts und niemand.
Ich hoffe sehr, daß der Flieger doch noch kommt, denn sonst wird Jula bestimmt an Jana herummeckern.

Aber das werde ich nicht zulassen. Dann werde ich nicht meinen Mund halten.

Bei Tisch meinte Mamka, Jana solle doch ihren Eltern ein Telegramm schicken, daß sie gut angekommen ist. Jana wollte das nicht. Vuk brachte Papier und Bleistift, um den Text für das Telegramm aufzuschreiben. Aber Vater ging mit überlegener Miene ans Telefon, wählte das Postamt und ließ sich von Jana die Adresse sagen.
»Ihre Tochter Jana glücklich eingetroffen stop herzliche Grüße und glückliches Neues Jahr wünschen Trangosch«, diktierte er durchs Telefon.
Jana kicherte immerzu. Aber Vuk war sehr stolz. Einen so prachtvollen Vater hatte er. Der brauchte sich nicht mal die Worte für das Telegramm aufzuschreiben.

Der prachtvolle Vater war so beeindruckt von sich selbst, daß er gar nicht mehr aufhören konnte, gute Taten zu vollbringen.
»Hört zu, Kinder, ich meine natürlich nur ihr älteren«, sagte er nach dem Abendessen, »wollt ihr euch nicht ein bißchen unter die Jugend im Speisezimmer setzen?«
Das warf mich fast um. Ins Speisezimmer nach dem Abendessen! Sonst durften wir nach dem Abendessen nicht einmal einen Blick ins Speisezimmer werfen.
Ich sprang begeistert auf. Aber das war schon ein Fehler. Gabka meckerte, daß ich mich schon zu den Älteren zählte. Immer denkt sie, ich wäre ein Kind wie sie.
»Streite dich nicht mit ihr«, flüsterte Vater mir zu. »Verdrück dich später unauffällig. Verstanden?«
Das war Vaters dritte gute Tat. Oder wenn man an Boj denkt, schon die vierte. Und es ist noch nicht einmal Silvester.
Es dauerte noch eine gute halbe Stunde, bis Gabka nicht mehr wie eine Klette an mir klebte. Ich schlich mich ins Speisezim-

mer. Vuk und Jana saßen mit dem jungen Volk aus Podbrezov zusammengedrängt auf einer Bank beim Weihnachtsbaum, um den Skifahrern aus der Stadt nicht die Plätze wegzunehmen und Vater das Geschäft nicht zu verderben. Die Herren müssen Platz haben, damit sie viel ausgeben können.

Julo und seine Kameraden haben kein Geld. Ihnen geht es vor allem ums Skifahren. Wenn sie etwas bestellen, dann nur Tee oder Himbeersaft. Vater hat natürlich lieber die reichen Gäste. Aber für das junge Volk bleibt auch immer noch Platz. Sie dürfen bei uns übernachten, natürlich nur auf Strohsäcken.

Ich klebte mich an die äußerste Ecke der Bank. Man sprach gerade über die morgige Tour.

Julo sagte: »Die Bergwacht behauptet, daß man nur an den Nordhängen fahren könnte. An den anderen Stellen sei es im Augenblick lebensgefährlich.«

»Die machen sich immer wichtig«, sagte Lajo (wie er weiter hieß, weiß ich nicht). »Immer jagen sie den Leuten Angst ein, bloß um sich wichtig zu machen. Es gibt Lawinen, sagen sie, und schreckliche Schneestürme und Nebel und schweren Schnee.«

Alle lachten.

»Im schweren Schnee läßt es sich aber besonders gut fahren.«

Julo erzählte, wie seiner Schwester Antscha einmal unten am Djumbier bei einem Querschwung, einem sogenannten Kristiania, ein Ski davongeflogen sei. Julo hatte ihn erst bei der Hütte wiedergefunden. Da steckte er mit der Spitze im Schnee, und der Wind pfiff ein Lied auf dem verlorenen Ski.

Jana hörte aufmerksam zu und drückte sich an Vuk. Sie legte den Arm auf seinen Rücken und bat ihn, ihr den Kristiania beizubringen. Das würde er schon schaffen, erklärte Vuk.

Was hat der nur für Vorstellungen! Einen Kristiania!

Die aus Podbrezov hatten noch zwei Mädchen dabei, und wie ich aus ihren Reden hörte, waren die auch nicht gerade olympische Meister im Skilaufen. Aber schließlich ist noch kein Meister vom Himmel gefallen.
»Wir gehen schon um acht los, Vuk«, sagte Julo. »Ich kenne da eine prima Mulde. In zwei Stunden können wir dort sein.«
»Welche meinst du?« fragte Vuk.
»Laßt euch überraschen. Es ist ein Nordhang.«
»Warum denn ein Nordhang?« sagte Lajo. »Hat dich die Bergwacht auch weich gemacht?«
»Es ist eine sehr schöne Mulde unter dem Kozi-Rücken. Und die gehört morgen uns«, sagte Julo. »Da laufen wir, bis es dunkel wird.«
»Vielleicht hat die Bergwacht den Kalender durcheinandergebracht«, meinte Lajo. »Die glauben, es ist schon Frühjahr, und darum machen sie einem Angst wegen der Lawinen.«
»So eine Lawine möchte ich mal sehen«, kicherte ein Mädchen.
»Ich nicht«, sagte Julo. Er ist Skifahrer und kein Idiot.
»Wir schließen uns an«, sagte Vuk zu Jana. »Die Skier fetten wir noch ein bißchen ein. Du kannst die Seehundriemen nehmen, damit du besser gehen kannst.«
Jana lachte glücklich. Ich war froh, daß es ihr bei uns gefiel. Sehr froh war ich.
Julo sprang plötzlich auf. »Morgen abend wird es toll. Da tanzen wir mit Jana, der Prinzessin von Ruschomberok.« Alle lachten. »Und um Mitternacht machen wir ein Skirennen. In Unterhosen. Um die Skihosen zu schonen.«
An jedem Silvester wird um Mitternacht so ein Skirennen veranstaltet. In allen möglichen Verkleidungen sausen wir hinter der Hütte den Berg hinunter. Die Herren aus der Stadt schauen aus den Fenstern. Und wir machen Unsinn, und jeder bemüht sich, möglichst komisch zu sein. Auch das kann Julo am besten. Er schlägt Purzelbäume, hüpft wie ein Frosch, und man

kann nur staunen, daß er immer wieder auf die Beine kommt.
Dann kam Vater und jagte uns alle in die Betten.
Hei, wie ich mich auf morgen freute!

Ich wartete auf Vuk. Aber der stand und schaute Jana nach, die die Treppe hinaufging.
»Schlaf gut, Jana«, sagte er. »Und träum was Schönes.«
»Gute Nacht, Vuk«, sagte Jana. »Es ist herrlich bei euch.«
»Ist sie nicht wunderbar?« sagte Vuk und schob mich langsam zur Tür hinaus.

Natürlich ist sie wunderbar. Aber eines ist mir nicht klar: Ist Vuk eigentlich noch mein Bruder, oder gehört er schon ganz zu Jana?
Eine ziemlich verzwickte Sache.

Ich war gerade dabei, im Speisezimmer die Salzstreuer zu füllen, da klopfte jemand mit dem Skistock gegen das Fenster.
»Mach keinen Unsinn«, sagte ich. Denn ich dachte, es wäre Gabka. Sie war mit Mutter zu den Schweinen gegangen.
Aber unter dem Fenster stand ein fremder Skiläufer.
»Wo ist dein Vater?« rief er. »Rasch!«
Ich wußte nicht, wo Vater war. Er hatte mich morgens nicht mit den anderen zu der Mulde gehen lassen. Deshalb wollte ich nichts mit ihm zu tun haben. Die anderen konnten draußen skilaufen, und ich war die ganzen Ferien eingesperrt, sogar Silvester.
»Hör zu, Junge«, sagte der Skifahrer, »hol sofort deinen Vater!«

Jetzt erst sah ich seinen ernsten, ja verzweifelten Blick. Ich rannte hinaus und fand Vater auf der Treppe.
»Komm schnell!« schrie ich, denn ich hatte Angst vor dem Mann am Fenster und vor dem, was er Vater zu sagen hatte.
Vater und ich liefen hinaus.
»Herr Wirt«, schrie der Mann und sah Vater dabei gerade in die Augen, »Herr Wirt, eine Lawine!«
Vater konnte kein Wort herausbringen.
»Es sind Menschen drunter«, schrie der Mann.
»Wer ist drunter?« fragte Vater mit schwacher Stimme.
»Das wissen wir nicht. Wahrscheinlich Gäste von Ihnen.«
»Und mein Sohn?« Vater konnte sich kaum mehr beherrschen.
Der Mann hatte deutlich gesagt »Gäste«. Vuk war kein Gast, er war der Sohn. Und Jana war auch kein Gast, sie gehörte zu uns. Vuk konnte es nicht sein, auch Jana nicht. Warum fragte Vater?
»Wir wissen nichts weiter, Herr Wirt«, sagte der Mann. »Wir wissen nur, daß eine Lawine heruntergekommen ist. Wir brauchen Hilfe. Menschen sind verschüttet.«
Ich holte Vaters Stiefel.
»Bringen Sie alle zusammen, die hier sind. Wie viele sind Sie? Wo sind Schaufeln?«

Ich brachte vier Schaufeln aus dem Schuppen. Mehr haben wir nicht. Der Mann nahm die Schaufeln und warf sie sich über die Schulter. Ich sah, wie Vater die Hände zitterten, als er sich die Stiefel zuschnürte.
»Wir müssen telefonieren«, sagte der Mann. Er blickte Vater an, und dann warf er Skier und Schaufeln auf den Boden. »Wo ist das Telefon?« sagte er.
»Hinter der Küche, im Zimmer.«
»Sag es denen im Speisezimmer«, befahl mir Vater mit seltsam ruhiger Stimme. »Und sag Mamka, daß wir bald wieder zurückkommen!«

Im Speisezimmer saßen vier Skifahrer. Sie sprangen auf, nahmen ihre Skier und machten sich mit uns auf den Weg.

Wir gingen in schnellem Tempo, der Vater voraus. Er war der älteste von uns, der Atem ging ihm schwer, der Schweiß lief ihm übers Gesicht, aber er ging und ging wie eine Maschine.
Die vier Gäste sprachen gelegentlich mit dem Fremden. »Wo ist die heruntergekommen?« – »Wie oft geht eine Lawine herunter, ohne daß etwas passiert!« – »Vielleicht ist überhaupt niemand verschüttet.«
»Gott gebe, es wäre so«, sagte der Fremde, »aber ich habe die Leute am Hang gesehen. Es war vor einer dreiviertel Stunde.«

Der Südhang des Djumbier kam in Sicht. Er war ganz unberührt.
»Ich sehe nichts«, sagte Vater voller Hoffnung.
»Vielleicht haben Sie sich geirrt«, sagte einer der Gäste.
Der Fremde sagte nichts.
Ich begann wieder ängstlich zu werden. Denn ich ahnte schon, was dieser Mann sagen würde. Ich wollte zurück, weglaufen, weit weg sein, wenn er es sagen würde. Ich wollte es nicht hören.
»Es ist unter dem Kozi-Rücken, Herr Wirt«, sagte der Fremde. »Gleich kann man es sehen.«
Der Vater blieb stehen. Ich ging zu ihm und sah, wie bleich er war. Er hielt sich an mir fest.
Das ist nicht wahr! Das konnte nicht wahr sein! Im stillen fing ich an zu beten, daß es nicht wahr sein sollte, daß nichts passiert war, wenigstens nicht uns, nicht unserem Vuk, nicht unserer Jana. Auch keinem der anderen Skifahrer. Aber vor allem keinem von uns. Keinem. Ich betete, ich flehte ... laß es nicht zu, laß es nicht zu, lieber Gott!

Der Vater konnte die Ungewißheit nicht mehr ertragen. Er lief voraus. Der Weg bog nach rechts. Wieder wollte ich umkehren, weglaufen. Aber dann blickte ich zu Vater und nahm mich zusammen. Ein Bild des Grauens tat sich vor uns auf.

Die Lawine lag über der ganzen Breite des Kozi-Rückens. Fast ein Drittel des Hangs unter den Felsen war weißer, unberührter Schnee. Aber dann! Es sah aus, als wenn jemand mit einem riesigen Messer den Schnee in Schichten geschnitten hätte. Die Schichten hatten begonnen sich zu bewegen, zuerst langsam, über die ganze Breite des Hangs, aber als der Schnee unten angekommen war, hatte er sich zur Mitte hin gerollt. Die Lawine war größer und größer geworden. Sie war mit unheimlicher Schnelligkeit weitergerast, war schneller und schneller geworden, hatte das geschmeidige Knieholz zerbrochen, Felsblöcke mitgerissen und war zu einem grauenvollen Strom geworden.

Die Lawine hatte die Mulde unter dem Kozi-Rücken zugeschüttet, war den gegenüberliegenden Hang wieder hinaufgeflogen und bedeckte jetzt das Haupttal.

»Herr Wirt«, der Fremde wollte dem Vater etwas sagen, »Herr Wirt ...«

Aber der Vater hielt es nicht mehr aus, er hörte nicht. Auch ich hielt es nicht mehr aus, keiner von uns.

Menschen arbeiteten auf der Lawine. Ich rannte und rief verzweifelt nach Vuk, aber ich konnte ihn nicht finden. Da sah ich Lajo, Antscha und die anderen. Nur unseren Vuk sah ich nirgends. Neben der Lawine lag ein Junge ausgestreckt im Schnee. Die Bergwachtleute kamen und legten ihn auf einen Schlitten. Ich erkannte den Pullover aus Schafwolle. Es war Julo.

Als er an uns vorbeigetragen wurde, wandte er sein zerschrammtes Gesicht ab und legte den Arm über die Augen.

Seine Brust hob und senkte sich schwer. Man hatte ihn mit Riemen festgeschnallt.
»Julo!« rief Vater. »Julo, und mein ...«

Unsere Leute und die Fremden wühlten mit Schaufeln, Spitzhacken und den bloßen Händen im Schnee der Lawine. Sie gruben Tunnels in sie hinein.
»Wer ist noch drunter?« Der Vater lief zum ersten Tunnel. »Wo ist mein Sohn?«
Jemand sagte: »Nicht hier stehenbleiben. Da ist noch einer unterm Schnee.«
»Mein Sohn ...« wiederholte Vater voller Angst und lief weiter über die Lawine.
Der Fremde stellte sich vor Vater und sagte erstaunt: »Sohn? Ein Mädchen ist verschüttet.«
Jetzt sah ich im allertiefsten Tunnel Vuk. Er lag auf den Knien und arbeitete sich mit bloßen Händen zur Mitte der Lawine vor.
»Jana!« schrie er.
Ich lief zum Vater und wieder zurück. »Vater! Vuk!«
Vuk kümmerte sich nicht um uns. Erst als wir ihn mehrmals angerufen hatten, blickte er uns abwesend an und wiederholte heiser: »Hier ist es gewesen. Ich weiß es genau, hier war es. Ich habe es gesehen. Schnell, schnell. Wir müssen sie finden.«
Vuk grub mit wunden Händen. Der Tunnel wurde enger, von beiden Seiten schüttete der Schnee ihn immer wieder zu. In dieser Tiefe braucht man Schaufeln und frische Kräfte.
»Komm raus«, bat ich, »laß mich hinein. Komm, Vuk!«
»Ich kann nicht«, stöhnte er. »Ich weiß, wo sie ist. Wir müssen uns beeilen!«
Einer von unseren vier Gästen sprang mit der Schaufel in der Hand zu Vuk in den Tunnel. »Laß mich das machen«, sagte er und packte Vuk an der Schulter. »Mit den Händen kannst du

hier nichts mehr machen. Der Schnee muß herausgeschaufelt werden.«
Aber Vuk hörte nicht auf ihn. »Komm heraus!« schrie der Mann und packte ihn von hinten. »Sonst schlag ich dir die Schaufel über den Kopf.«
Es gelang ihm, Vuk herauszuziehen. »Ruh dich aus«, sagte der Mann. »Mit der Schaufel können wir früher bei ihr sein als du mit deinen Händen. Wenn ich müde bin, kannst du mich ablösen. Kopf hoch und tief atmen.«
Gehorsam hob Vuk den Kopf und stand langsam auf. Jetzt erst bemerkte er den Vater.
»Vater«, sein Kinn zitterte, »Vater ... Janinka!«
Dann schrie er: »Sucht! Grabt! Was steht ihr da herum?«
Der Vater riß mir die Schaufel aus der Hand und gab sie Vuk, damit er nicht wieder anfing, mit den bloßen Händen zu graben. »Ich glaube, Vuk«, sagte er ruhig, aber seine Stimme verriet ihn, »ich glaube, wir finden sie, und alles wird gut werden.«
Vuk hob den Blick und sah sich um, als sähe er die Welt zum erstenmal. Er sah die Leute. Etwa dreißig mochten hier jetzt an der Arbeit sein. Und das beruhigte ihn. Aber dann verdüsterte sich sein Blick wieder. Er sah die Lawine, und es wurde ihm klar, daß auch dreißig Menschen sie nicht ganz durchsuchen konnten. Er warf meine Fäustlinge weg, die er sich über seine aufgerissenen Hände gezogen hatte, und begann wie verrückt an einer anderen Stelle zu graben.

Er wußte es nicht, nicht einmal er wußte, wo sie sein konnte. Denn sonst wäre er zu seinem Tunnel zurückgegangen und hätte nicht an einer ganz anderen Stelle angefangen zu graben.

Einer von der Bergwacht hatte die ganze Zeit versucht, die Rettungsarbeiten zu organisieren, und schließlich war es ihm

gelungen. Jeder hatte seinen bestimmten Platz bekommen, und in der Mitte, wo die Lawine am höchsten war, standen vier Leute, die mit langen, eisernen Stangen in den Schnee stachen.
Nach anderthalb Stunden hatten wir noch immer keine Spur gefunden. Weder einen Skistock noch einen Schal oder einen Handschuh. Ich zweifelte, ob Jana überhaupt unter dem Schnee war. Ich blickte hinauf zum Djumbier, der uns mächtig überragte. Nein, Jana konnte nicht unter dem Schnee sein. Wo bist du, Jana? Vielleicht sitzt du irgendwo und hast dir den Knöchel verstaucht und kannst nicht kommen und auch nicht rufen und sagen: »Was macht ihr da?«
»Steh nicht rum!« schrie Vuk.
Ich warf mich auf die Knie und grub mit den Händen im Schnee, denn ich hatte Angst vor Vuk. Sein Gesicht wirkte bis auf die Knochen abgemagert. Seine Augen brannten wild.

Sie ist nicht unter dem Schnee. Und wenn sie dort wäre, dann wäre es schon zu spät. Man sagt, der Mensch kann mehrere Stunden unter einer Lawine aushalten, weil der Schnee durchlässig ist und er genug Luft zum Atmen hat. Aber das glaube ich nicht. Ich habe einen Skifahrer gesehen, den haben sie nach zwei Stunden ausgegraben. Sein Herz schlug noch. Aber es war trotzdem zu spät. Kein Arzt konnte ihm mehr helfen.

Der Mann von der Bergwacht kam zu Vater.
»Wir müssen noch einmal telefonieren.« Er blickte unruhig zum Djumbier. »Mit dem Gerät müßte man sie finden.«
Ich schlug Lajo vor. »Nein«, sagte Vater, »einen Erwachsenen. Meine Frau wird nicht imstande sein zu telefonieren.«
Wieder meldete sich der Fremde, der uns benachrichtigt hatte. Er schnallte sich die Skier an und verschwand.
»Und du«, Vater sah mich an, »du kannst gehen ... zur Mutter.«

Aber ich ging nicht von Vuks Seite.
Der Vater stöhnte tief auf. Auch er glaubte nicht mehr an eine Rettung.

Wenn sie mit diesem Gerät kommen ... ich habe es nie gesehen, aber ich weiß, wenn man damit eine Lawine absucht, zeigt das Gerät an, wo der Verschüttete zu finden ist. Ich glaube, es besteht aus Magneten. Jeder Skiläufer hat ja Metallbindungen. Oder vielleicht ist es ein Radargerät.
Aber das ist egal. Wenn das Gerät nur erst da wäre, damit es uns anzeigt, wo wir Jana suchen sollen. Jana mit den großen himmelblauen Augen. Jetzt würde man sie bestimmt sehen können. Immer kann man Janas Augen sehen, wenn sie Angst hat. Und sie hat Angst, daß man sie nicht rechtzeitig findet, und wir graben und graben, aber an der falschen Stelle. Und vielleicht hört sie uns und weint, weil wir sie nicht finden können.
Die Zeit verflog unheimlich schnell. Ich merkte, daß die Leute nicht mehr so angestrengt arbeiteten wie vorher. Wahrscheinlich hatten auch sie keine Hoffnung mehr.
»Graben!« schrie der Mann von der Bergwacht, der alles organisiert hatte.
»Graben – das ist leicht gesagt«, brummte einer. »Aber wer kümmert sich um uns! Langsam kriegt man es satt.« Er lachte widerlich und wartete darauf, daß auch die anderen lachten.
Der Mann von der Bergwacht riß ihm die Schaufel aus der Hand. »Sie können gehen«, sagte er, rot vor Wut.
»Ich gehe schon«, sagte der Mann. Er drehte sich um. »Es hat ja auch gar keinen Sinn mehr. Seid doch nicht verrückt, Leute! Nach zwei Stunden!«
Er nahm seine Skier und verschwand in Richtung auf die Povstalecka-Hütte.
Die anderen begannen wieder rascher zu graben. Sie versuchten, zur Mitte der Lawine vorzudringen.

Warum gerade zur Mitte? Jana kann ganz woanders liegen. Vielleicht gar nicht im Haupttal, sondern in einem der Seitentäler. Vielleicht, vielleicht, vielleicht! Vielleicht in der Mitte der Lawine, vielleicht am Rand, vielleicht höher, vielleicht tiefer. Alles ist möglich. Sicher ist gar nichts. Sicher ist nur, daß Jana nicht da ist. Und auch das Gerät, mit dem man sie finden könnte, ist nicht da. Ich glaubte nun auch nicht mehr daran, daß sie irgendwo am Hang mit einem verstauchten Knöchel saß. Inzwischen glaubte auch ich an dieses andere, an das Schreckliche.
Da sah ich Liva. Sie hatte sich Skier angeschnallt und sauste den Djumbierhang hinunter. Sie fuhr senkrecht hinunter, kam zurück, fuhr in schönen Wellenlinien wieder hinunter und beendete jedes Mal den Slalom mit einem scharfen Kristiania, genau da, wo die Lawine am unberührten Djumbierhang aufhörte.
»Liva«, wollte ich schreien, »was machst du da?« Aber sie beachtete mich gar nicht. Ohne sich auszuruhen, stieg sie wieder hinauf und fuhr eine neue Spur hinunter. Immer einen Meter weiter von der alten, bis sie fast über den ganzen Hang Wellenmuster gefahren hatte. Als ob es jetzt auf der ganzen Welt nichts Wichtigeres gab. Ich wagte schon nicht mehr hinzusehen. Ich hatte schreckliche Angst, sie würde, wenn sie mit ihren Wellenmustern fertig war, die Mundharmonika aus der Tasche ziehen. Zunächst würde sie nur so hineinblasen, aber dann würde sie vielleicht das Lied »Wenn ich schon über sechzehn wäre« spielen, so daß man es über das ganze Tal hören würde. Und dann müßte ich zu ihr gehen und sie mit Gewalt zwingen, endlich aufzuhören.
Ich sah überhaupt nirgends mehr hin, nur noch auf den Schnee vor mir. Er war schwer und naß und gar nicht weiß. Alles war grau, grau unter dem traurigen Himmel. Die Felsen, die im Sommer grau sind, waren jetzt ganz schwarz. Auch das Knieholz war schwarz. Nur das Harz duftete wie immer. So, als wenn nichts geschehen wäre.

Der Vater war fertig mit den Nerven. Er stand bei Vuk im Tunnel und weinte. Es kamen keine Tränen, aber ich wußte, daß er weinte.
Vuk weinte nicht. Vuk warf den Schnee aus dem Tunnel. Er grub wie eine Maschine.
Aber es war auch für mich genug. Ich hielt es nicht mehr aus. Etwas mußte jetzt geschehen.
»Sie kommen!« schrien plötzlich einige. »Sie kommen!«
Ich sah vier Männer über den Djumbierhang heruntersausen, mitten durch Livas schöne Wellenmuster.

Der Mann von der Bergwacht befahl allen, von der Lawine wegzugehen. Vuk wollte nicht aus dem Tunnel heraus. Aber als er begriff, daß alle beiseite gehen mußten, damit das Gerät durch nichts gestört würde, ging auch er.

Schweigend standen wir abseits und warteten. Wir warteten auf den Ruf des Mannes von der Bergwacht: »Hierher, Leute! Hier müssen wir suchen!« Aber dieser Befehl kam nicht.
Eine schreckliche Stunde war schon vergangen. Oder vielleicht war es nur eine halbe. Ja, es konnte höchstens eine halbe gewesen sein. Schweigend ging die kleine Gruppe von Männern langsam über die Lawine. Dreimal blieben sie stehen, kehrten zurück und gingen nochmals über die Stelle. Aber dann gingen sie weiter, und wir wurden nicht gerufen.
Als wir vorhin alle auf der Lawine standen, hatte ich Angst gehabt, wir könnten Jana erdrücken. Die dreißig Menschen auf dem Schnee könnten es ihr noch schwerer machen zu atmen. Aber jetzt tat Jana mir leid in ihrer grausamen Einsamkeit, wo sie allein war mit ihrer Angst. Sie konnte uns nicht hören, nicht mehr das Schaufeln, kein Geräusch. Was mußte sie denn nun denken? Doch nur, daß alle weggegangen waren und sie verlassen hatten.
So viele waren wir. So viele Männer. Und doch ließen wir ein

Mädchen dort unten allein. Wir konnten sie dort doch nicht ersticken lassen!

Auch die anderen wurden ungeduldig. Sie legten die Hände an den Mund und riefen: »Was ist los? Immer noch nichts? Vielleicht ist das Gerät gestört. Laßt uns doch ohne Gerät weitersuchen!«
Der Mann von der Bergwacht hob die Hand. Alle schwiegen. Die Gruppe war an einer Stelle stehengeblieben, dann ging sie wieder zurück und kam noch einmal in die andere Richtung.
»Acht Mann!« rief der von der Bergwacht.
Wir liefen alle hin, aber er wählte acht aus, darunter auch Vuk. Die Männer bezeichneten eine Stelle, von der aus mit dem Graben begonnen werden sollte. Sie gaben auch die Richtung und das Gefälle des Tunnels an. Es war dort, wo das Seitental in das Haupttal mündet, also gar nicht in der Mitte, sondern ziemlich weit rechts, nur einige Meter vom Hang entfernt.
Wir schöpften neue Hoffnung. Die bezeichnete Stelle war am rechten Flügel der Lawine. Dort konnte sie nicht sehr tief sein.
»Nach fünf Minuten Ablösung!« rief der Mann von der Bergwacht. »Los!«

Fünf Minuten später wurden alle abgelöst, nur Vuk nicht. Er arbeitete ununterbrochen weiter.
Der Skifahrer, der zum zweitenmal bei uns telefoniert hatte, kam angelaufen. Er hielt Vater fest und sagte atemlos: »Herr Wirt, Sie sollten ... jemand von Ihnen müßte heim ... die zwei verzweifelten Frauen mit dem kleinen Kind ...«
Vater befahl mir zu gehen.

Ich wollte nicht gehen. Ich wollte nicht weg von hier. Jeden Augenblick konnte ich Jana wiedersehen, konnte ihr helfen, konnte mich mit Vuk darüber freuen.

Ich wollte nicht gehen. Warum immer ich? Warum konnten sie daheim nicht noch ein wenig durchhalten? Ich wollte nicht weggehen, bevor ich nicht Jana lebend wiedergesehen hatte.
»Geh!« Der Vater sagte es so drohend, daß ich einen Schritt zurücktrat.
»Ich warte noch einen Augenblick«, sagte ich und zeigte dorthin, wo gegraben wurde. »Nur noch einen Augenblick, damit ich Mutter sagen kann ...«
»Was? Was willst du ihr sagen?« rief Vater. Seine Augen glühten, seine Wangen waren eingefallen. »Was willst du sagen? Daß wir graben? Verschwinde! Schnell! Die Mutter braucht dich.«
Ich schnallte die Skier an.
»Sei ein Kerl«, sagte Vater. »Rede ihnen gut zu. Hier kannst du doch nicht mehr helfen, wir sind jetzt genug Leute. Wir kommen auch bald. Bereite das Nötige vor. Zeig, daß du ein Kerl bist ...«
Ich stieß mich mit den Stöcken ab und flog hinunter über die nasse Spur.
Sei ein Kerl. War ich ein Kerl? Vaters Worte verfolgten mich, während ich atemlos über die ebene Strecke lief. Ich wollte nicht heim. Ich wollte auch nicht zurück. Es war mir, als hörte ich um mich herum ein Rauschen und Brausen, und doch wußte ich, daß alles still war, unheimlich still. Ich glaube, ich weinte, weil ich allein war.
War ich ein Kerl? Was sollte ich Mamka sagen? Und vor allem: Was sollte ich vorbereiten? »Bereite das Nötige vor«, hatte Vater gesagt. Was sollte das heißen?
Ich stellte die Skier an die Wand der Hütte und ging langsam in die Küche.
Sie war leer. Nur der Wecker unterbrach mit seinem blechernen Ticken die Stille.
Der Wecker ... es war halb drei.

Jana hatte man bis zum Abend nicht gefunden. Gegen zehn Uhr abends brachte man Vuk mit Gewalt heim. Von da an stand er im Zimmer, sah aus dem Fenster und sprach kein Wort. Er hatte noch immer die nasse Windjacke an. Nur die Stiefel hatte er ausgezogen, als Gabka sie ihm aufgeschnürt hatte. Vater stellte ihm einen kleinen Tisch ans Fenster, und Jula brachte ihm Tee. »Trink ein bißchen«, bat sie, »wenigstens einen Schluck.« In den Tee hatte sie Rum gegossen, damit ihm leichter wurde.
»Vielleicht kann er dann weinen«, sagte sie. »Wenigstens ein paar Tränen. Die schwemmen den Schmerz aus dem Herzen.«
Mit der Tasse in der Hand stand sie neben Vuk. Schließlich wandte er den Kopf, schaute Jula an und trank wirklich die ganze Tasse Tee aus. Es war das erste, was er seit dem Morgen zu sich nahm.

Ich fragte Jula, was denn geschähe, wenn Vuk sich von seinem Schmerz nicht befreien könne.
»Ihm würde das Herz brechen«, sagte sie. »Aber er ist noch jung. Da kann er darüber hinwegkommen, wenn er sich ausweint.«
Er wird sich nicht ausweinen, dachte ich erschrocken. Und ich dachte daran, wie traurig er gewesen war, als Jana im Sommer nicht kam. Auch damals hatte er nicht geweint. Er war allein in die Berge gegangen.
»Du brauchst keine Angst zu haben«, sagte Jula. »Tränen sind ein Geschenk, das unter allen Geschöpfen der Erde nur dem Menschen gegeben ist.«
»Tränen sind ein Geschenk?«
»Ja«, sagte Jula, »ein großes Geschenk. Es hilft dem Men-

schen, alles zu überwinden und weiterzuleben, auch nach einem solchen Unglück.«
Noch nie hatte ich Jula so seltsames Zeug reden hören. Ich blickte in ihr ruhiges Gesicht, und dann fragte ich. »Dir tut Jana nicht leid?«
»Doch, Djuro«, sagte sie. »Jana tut mir schrecklich leid. Aber Vuk noch mehr. Und am meisten ihre Eltern.«
Ich stellte mir vor, daß morgen Janas Eltern kamen. Wir hatten ihnen ein Telegramm geschickt.
»Das wird schrecklich sein«, flüsterte ich. Und konnte nichts mehr sagen.

Die Gäste saßen im Speisezimmer und warteten auf das neue Jahr. Ich glaube, keiner war schlafen gegangen, außer Gabka vielleicht. Jula hatte sie zu Bett gebracht.
Den Gästen hatte Jula zum Abendessen Krautsuppe mit Würstchen gekocht, und wenn einer danach noch Hunger hatte, mußte er sich an kalte Speisen halten. Der Vater schenkte keinen Wein aus. Er stellte Flaschen und Gläser auf den Tisch beim Fernsehapparat. So konnte sich jeder nehmen, was er brauchte, und es selber aufschreiben.
Ich überlegte, ob uns jemand betrügen würde. »Und wenn«, sagte Vater, »jeder muß nach seinem Gewissen handeln.«
Die Gäste saßen da und tranken, aber niemand sang. Es wurde auch keine Musik gemacht.

Ein Gast, einer von den vier, die mit uns zur Lawine gegangen waren, kam jeden Augenblick in die Küche, und jedesmal war er ein wenig stärker betrunken. Dann ging er in das Zimmer, wo Mutter auf dem Bett lag, genauso, wie sie sich am Morgen angezogen hatte, mit der Schürze.
»Hören Sie, Mamka«, sagte der Gast zu ihr, »weinen Sie nicht.« Aber ihm selbst liefen die Tränen über die Backen. »Sie dürfen sich wegen des Briefes keine Vorwürfe machen.«

Ich wußte, daß er damit Mamka nicht beruhigen konnte. Sie hatte selbst den Brief an Janas Eltern geschrieben, daß sie auf Jana achtgeben würde. Und sie hatte nicht auf sie achtgegeben. Mamka glaubte, daß alles ganz allein ihre Schuld war.
Als ich um halb drei zurückgekommen war, fiel sie ohnmächtig um, und wir mußten sie mit Essig einreiben. Seitdem lag sie, von Weinkrämpfen geschüttelt, auf dem Bett und wollte den nächsten Tag nicht erleben, um nicht Janas Eltern in die Augen sehen zu müssen.
Der betrunkene Gast nahm Mamkas Hand. »Hören Sie«, sagte er, »Sie mußten den Brief schreiben. Sie waren nur das Werkzeug des Schicksals. Und wenn Sie den Brief nicht geschrieben hätten, dann hätte das Schicksal das Mädchen woanders erreicht. Niemand kann das ändern, was im Buch des Schicksals vorgezeichnet ist.«
Der Gast war ziemlich betrunken, aber ich merkte, daß seine Worte Mamka ein bißchen geholfen hatten. Vielleicht war es wirklich so, wie er sagte.
Unsere Mutter konnte doch wirklich nicht schuld sein an Janas Tod. Und auch Vuk nicht. Vuk hatte sie gern gehabt, und das ist doch kein Verbrechen. Es ist doch auch kein Verbrechen, daß er ihr zeigen wollte, wo er lebte, daß er ihr die Berge zeigen wollte, in denen er aufgewachsen ist und wo Jana später leben sollte, wenn er Förster war. Der Gast hob die Hand und sagte feierlich: »Die Natur ist mächtig. Sie gibt das Leben, aber sie nimmt es auch. Unterwerft euch dem Schicksal! Niemand hat das Recht, Leben zu nehmen, nur die Natur. Und jetzt solltet ihr etwas schlafen, jedenfalls die Männer.«
Ich sah ihn verwirrt an. Schlafen? Wir? Vuk?
»Ja, ja, ich weiß«, sagte er und nickte schwer mit dem Kopf. »Ich weiß ...« Er hielt sich an der Tür fest und ging dann in die Küche.

Ich mußte an Jana denken, immer wieder. Ich konnte mir nicht helfen. Alle meine Gedanken liefen mir davon, hinaus in die kalte Nacht. Unter die Lawine.
Ich mußte an Jana denken, während ich ein Holzscheit in den Ofen legte, damit es bis zum Morgen warm blieb. Ich mußte an sie denken, als Jula mir Tee brachte. Und ich dachte daran, daß wir uns unter warmen Decken schlafen legen würden.

Ich zwang mich, an Julo zu denken. Die Bergwacht hatte ihn auf dem Schlitten hinunter ins Dorf gebracht. Von dort war er mit einem Unfallwagen ins Krankenhaus gekommen. Er hatte schwere Verletzungen, aber er lebte. Jula erzählte mir, daß Mamka nach draußen gelaufen war, als man Julo bei uns vorbeitrug. Da schrie er, daß er nichts dafür könne, und vor Aufregung kam ihm Blut aus dem Mund. Jula wollte ihm Rum einflößen, damit er die Schmerzen weniger spürte, aber er preßte die Zähne zusammen und wandte den Kopf zur Seite. Julo haßt Alkohol, das weiß ich. Die verschwitzten Sanitäter tranken schnell ein Glas und trugen ihn dann vorsichtig weiter.
Wer weiß, vielleicht quält Julo sich genauso mit Vorwürfen wie meine Mutter. Aber wer konnte das ahnen? Wer konnte wissen, was dort auf sie wartete? Niemand, nicht einmal Vater, konnte sich erinnern, daß jemals am Kozi-Rücken eine Lawine niedergegangen war. Vom Djumbier hatten sich schon oft Lawinen gelöst, auch vom Gapel. Man konnte jetzt noch sehen, wo im vorigen Jahr eine riesige Lawine ihren Weg genommen hatte. Aber am Kozi-Rücken hatte es noch nie Lawinen gegeben.
Warum war gerade jetzt eine Lawine dort niedergegangen? Warum hatte sich Julo gerade den Kozi-Rücken ausgesucht? Wieso war er überhaupt darauf gekommen? Es gibt dort nämlich keine großen Abfahrten wie am Gapel oder Baran. Er ist abschüssig und kahl und dem Wind ausgesetzt. Und man wundert sich, wie sich da solche Schneemassen halten können.

Einige von denen aus Podbrezov waren am Abend weggefahren, denn Antscha weinte und wollte bei ihrem Bruder Julo sein.
Die anderen Jungen saßen traurig im Schlafsaal auf ihren Strohsäcken. Die Ecke im Speisezimmer bei dem Weihnachtsbaum blieb leer. Wie hätten sie sich auch dort hinsetzen können, wenn Julo nicht mehr bei ihnen war und Jana nicht mehr lebte?
Ich ging zu den Jungen im Schlafsaal. Sie sprachen darüber, wie alles gekommen war.
Wenn sie in die Berge gehen, übernimmt immer einer, meistens ist es Julo, die Führung, und alle müssen ihm gehorchen. Er entscheidet, wann und wo gegangen wird und in welcher Reihenfolge, damit die Schwächeren nicht zurückbleiben.
Als sie zum Kozi-Rücken gingen, zeigte es sich, daß Jana noch Anleitung brauchte. Vuk bat Julo, sie in die Lehre zu nehmen.
»Aber nicht so hart, Julo«, sagte Vuk. »Überanstrenge sie nicht!«
»Das überlaß nur mir«, sagte Julo und lachte. Dann brachte er Jana bei, richtig zu laufen, zu atmen und aufzusteigen.
»Wir hatten inzwischen schon zwei Drittel des Kozi-Rückens erstiegen«, erzählte einer der Jungen. »Wir dachten, jetzt genügt es. Und dann ...«
Keiner wollte weitererzählen. Keiner wollte sagen, wer auf den unheilvollen Gedanken gekommen war, daß alle sich gleichmäßig verteilen und dann zusammen den Hang hinunterfahren sollten.
Die ersten vier liefen los. Da wurden im Tal Julo und Jana sichtbar. Julo sah oben am Hang die ausschwärmenden Skifahrer und rief etwas hinauf. Lajo behauptete, er habe gehört: »Runter!« und Julos Gesicht sei voller Entsetzen gewesen. Ernest wiederum hatte »Ochsen« verstanden und Julo angeblich lachen sehen.

Ich glaubte eher Lajo.
Ernest verließ die Gruppe als fünfter. Er hatte gehört, daß Julo etwas rief, aber er lief trotzdem den ersten vier in den waagerechten Spuren nach.
Ernest kam keine zehn Meter weit. Da fühlte er, daß der Schnee unter seinen Füßen sich bewegte.
»Ich warf mich aufs Gesicht, preßte den Körper an den Boden und hielt mich an allem fest, was ich zu fassen bekam«, erzählte Ernest. Mit zitternden Händen zündete er sich eine Zigarette an.
»Weiter weiß ich nichts mehr«, sagte er leise. »Ich war der fünfte ... vier vor mir ... Julo da unten ...«
»Hör auf, Ernest«, sagte Lajo, »das führt zu nichts.«
Also Julo hatte geschrien – auch Laute können Lawinen auslösen.
»Wenn ihr wüßtet, wie das ist«, Ernest sprach wie zu sich selbst, »wie das ist, wenn unter den Füßen Leere ist, gar nichts mehr, und man merkt, daß man sich nicht halten kann. Der Schnee hält nicht, langsam ...«
»Hör auf!«
Aber Ernest konnte nicht aufhören. »Dieses schreckliche Sich-Überschlagen. Ich bin dann in die Lawine gekommen, aber nur am Rand. Ich konnte mich an den Latschen festhalten. Mir ist nichts passiert. Nur die Hände habe ich mir an den scharfen Kanten zerschnitten.«
Er hatte auch jetzt noch das blutige Taschentuch um die Hand gebunden. Aber wie ihn die Lawine begrub, daran konnte er sich nicht mehr erinnern.
»Hör auf, Ernest«, sagte einer der Jungen. »Es hat keinen Sinn.«

Es hat keinen Sinn, es hat keinen Sinn! wollte ich schreien. Aber ihr selbst habt die Lawine ausgelöst und ins Rollen gebracht.

Nicht mit einem riesigen Messer, sondern mit euern Skiern. Ihr alle seid schuld! Ihr wißt doch, daß man so nicht gehen darf, auch nicht, wenn man allein ist, und schon gar nicht, wenn andere dabei sind.
»Und wo war mein Bruder?« fragte ich.
»Der war oben bei uns.«
Das Blut stockte in meinen Adern, und ich konnte mich nicht rühren.
Ernest lag auf dem Strohsack, den Kopf unter der verletzten Hand. Ich sah das blutdurchtränkte Taschentuch, ein weißes Taschentuch mit blauem Rand, wie wir es auch haben.
Ich wollte zu ihm gehen und ihm sagen, daß solche Reden wirklich keinen Sinn haben. Aber sosehr ich es auch wollte, ich konnte es nicht, ich brachte es nicht über mich. Immerfort sah ich vor meinen Augen den Schnitt im Schnee am Kozi-Rücken, den Anfang des ganzen Unglücks.
Ich sah auch das blutige Taschentuch und Ernests trauriges Gesicht. Ich konnte kein Wort herausbringen. Dann hätte ich auch Vuk dasselbe sagen müssen, denn er war mit ihnen oben gewesen. Aber das konnte ich nicht, das war unmöglich.

Dann erzählte Lajo, wie sie Julo gerettet hatten. Er war von Jana weggelaufen, als er ihnen etwas zuschrie. Der Rand der Lawine erfaßte ihn und begrub ihn. Wahrscheinlich hatte er sich einige Rippen gebrochen. Aber durch einen glücklichen Zufall fanden sie ihn nach einer Viertelstunde. Sie hatten dann sogleich die Bergwacht alarmiert.

Dort, wo das Gerät ausgeschlagen hatte, suchten sie lange, ganze zwei Stunden. Sie fanden Janas Skier, alle beide.
Nun war es offensichtlich. Keiner konnte mehr glauben, daß Jana anderswo sein könnte, verschüttet und verwundet, aber anderswo. Sie gruben noch an zwei Stellen. Die Dunkelheit war dicht und schwarz. Die erschöpften Leute konnten sich

kaum gegenseitig sehen. Nach zehn Stunden vergeblichen Suchens sagte der Mann von der Bergwacht: »Die Suchaktion wird morgen um acht Uhr fortgesetzt. Ich bitte Sie, jetzt gemeinsam in die Hütte zurückzugehen.«
Die Leute standen traurig da und rührten sich nicht, obwohl keiner seit dem Morgen etwas gegessen hatte. Bevor der Führer wegging, sagte er: »Die Bergwacht dankt Ihnen.«
Ich mußte an Liva denken, wie sie dort Wellenmuster in den Schnee gefahren hatte.

Lajo hielt die Uhr ans Licht und sagte: »Gleich Mitternacht.«
Er stand auf, und auch die anderen erhoben sich. Nur Ernest rührte sich nicht.
»Noch fünf Minuten ...« Lajo sah auf die Uhr. »Noch vier ...« Er sah auf Ernest. Alle setzten sich wieder. Niemand beachtete die Uhr.
Ich ging auf den Gang. Die Hunde schliefen. Ich konnte es ihnen nicht übelnehmen. Den ganzen Tag waren sie mit uns auf der Lawine gewesen, waren in die Tunnel gelaufen, hatten geschnuppert und gewinselt und waren gegen den Schnee genauso machtlos wie wir alle.
Die Tür zum Speisezimmer war geöffnet. Einige Gäste gingen mit Gläsern in der Hand in die Küche, um »Prosit Neujahr« zu sagen.
Der Betrunkene wankte ins Zimmer zu Mamka. Einen Augenblick sah es so aus, als wollte er auch »Prosit Neujahr« sagen. Aber dann überlegte er es sich. Ich brachte ihm einen kleinen Tisch ans Bett, damit er bei uns bliebe.
Er setzte sich. »Ich trinke, Mamka«, sagte er. »Denn ich habe Grund dazu. Keiner hat mich gern. Alle haben mich enttäuscht. Wissen Sie, was das bedeutet: alle? Auch die Frauen. Und deswegen trinke ich. Aber was ich Ihnen erklären wollte: In den Bergen bin ich immer glücklich. Ärgern Sie sich nicht

über die Berge. Die sind das einzig Verläßliche in dieser Welt.«
Ich sah, daß auch Vuk ihm zuhörte.
»Heute ist das schwer zu begreifen für euch«, fuhr er fort. »Aber die Berge machen sich nichts draus. Es wird sie geben, wenn es uns schon längst nicht mehr gibt und auch unsere Kinder nicht mehr. Immer ... immer wird es sie geben.«
Deine Mühe ist vergeblich, Mann, dachte ich. Denn Mamka kann dich nicht verstehen. Sie mag die Berge nicht und wird sie niemals mögen.
»Manchmal verlangt der Berg ein Opfer«, sagte der Betrunkene. »Heute hat er das Mädchen genommen. Hätte er doch lieber mich alten Affen genommen. Wem bin ich denn schon nütze? Aber ...«
Ich ging in die Küche. Ich sah durch das geöffnete Fenster, wie Vater ins Speisezimmer kam. Auf dem Kopf hatte er die verschneite Schaffellmütze. Draußen fiel also wieder Schnee.
Vater blieb einen Augenblick stehen, nahm die Mütze vom Kopf und sagte: »Ich wünsche meinen lieben Gästen ein glückliches Neues Jahr!«

Am Neujahrsmorgen stand Mamka auf, als es noch ganz dunkel war. Sie wusch sich, kämmte sich und zog das dunkelblaue Kleid an.
Ich räumte mit Jula das Zimmer auf. Als ich die Asche hinaustrug, sah ich, daß Vuk im Hof stand. Er wartete auf den Tagesanbruch.
Auch die Jungen aus Podbrezov waren schon aufgestanden. Sie gingen nacheinander in den Waschraum und kamen dann angekleidet zu Vuk in den Hof.

Ernest war weiß wie ein Leinentuch. Er trug die Hand in einer Schlinge. Das Taschentuch war schon ganz schwarz, und ich sah, daß auch seine Finger schwarz und verschwollen waren. Ich lief zu Jula, um den Arzt zu holen, der in der Nacht Mamka das Beruhigungspulver gegeben hatte.
Vater machte sich am Herd zu schaffen. Mamka zog über ihre Wollstrümpfe schwarze Schnürschuhe.
»Laß nur, Terezka«, sagte Vater. »Ich gehe allein. Gib mir das Hemd und schneide Brot auf. Wir sollten etwas essen.«

Wenn Janas Eltern sich in der Nacht auf die Bahn gesetzt hatten, dann mußten sie jetzt mit dem ersten Autobus ankommen.
Jula schickte mich ins Speisezimmer zum Aufräumen und um den Ofen zu reinigen. Ich war froh, daß ich etwas zu tun hatte. Ich säuberte die Aschenbecher und wischte sie mit einem nassen Lappen ab, legte neue Tischtücher auf und kehrte den Schnee von der Treppe. Auch den Gang zur Terrasse fegte ich aus. Sobald es etwas heller wurde, machte ich mit der Holzschippe auch die Wege sauber.
Strasch und Boj konnten den Tag kaum erwarten. Ich sah zum Himmel auf. Die Sterne leuchteten klar, als wäre es nicht Morgen, sondern tiefe Nacht.
Ich hörte den Vater kommen und lief zu ihm. »Soll ich mitgehen, Vater?«
Ich hatte furchtbare Angst, er könnte sagen: »Komm mit, Junge!«
Aber er befahl mir dazubleiben. »Geh nicht in die Berge«, sagte er. »Bleib bei Mutter und hilf ihr. Die Leute müssen etwas zu essen bekommen.«

Zur Lawine wollte ich nicht. Nicht, weil Vater es mir verboten hatte. Aber ich wollte es nicht gern. Gestern hatte ich geglaubt, wir würden Jana lebend finden. Da wollte ich sie nicht allein lassen. Aber heute ... Ich wollte, daß auch Vuk nicht hinginge. Geh nicht hin, Vuk. Geh nicht!

Ich blickte zur Treppe. Aber niemand kam herunter.

Ich hörte Jana zu Vuk sagen: »Gute Nacht, Vuk. Es ist wunderbar bei euch.«

Ich gab mit Jula den Kaffee aus. Der Gast, der gestern abend betrunken war, kam auch. Niemals habe ich einen so netten und so traurigen Mann gesehen.

Jula goß heißes Wasser ins Spülbecken, damit ich die Tassen waschen konnte. Ich trocknete sie auch ab und stellte sie in den Küchenschrank. Mamka saß nur da. Ihre Augen lagen tief, die Hände hatte sie auf den Knien gefaltet.

Gabka kam, ungewaschen und noch im Nachthemd, mit verschlafenem Gesicht. Mit nackten Beinchen trippelte sie durchs Zimmer und setzte sich Mutter aufs Knie. Ihr Gesicht drückte sie an Mamkas Kleid. Mutter wiegte sie langsam hin und her.

Ich zog mir ein sauberes weißes Hemd an und ging hinaus.

Draußen war es schon fast hell. Die Bäume, weiß vom nächtlichen Schnee, glitzerten im Morgenlicht.

Und da kam Vater mit einem kleinen Herrn, der einen schwarzen Hut trug. Vor ihnen ging ein blasser Junge in Skihosen und langem Mantel. Es mußte Peter sein. Oder Pavel. Janas Bruder.

Die Mutter war nicht mitgekommen.

Ich lief in die Küche. Mamka stand auf und ging hinaus. Auf dem Hof, draußen im Schnee, ging sie auf Janas Vater zu. Gabka wollte ihr nach. Aber ich packte sie bei der Hand und hielt sie fest.

Der Herr hob den Kopf, und ich sah sein Gesicht. Nicht die Augen. Die waren durch eine goldene Brille verdeckt. Und ich sah Mamkas helle Haare und darunter ihr verweintes Gesicht.

»Gott kann Sie trösten, wenn es einen gibt«, sagte sie. »Aber uns, uns müssen Sie vergeben ... wenn Sie es können.«

Janas Vater sah ihr in die Augen. In seinem Gesicht zuckte es. Ich hörte seinen schweren Atem und sah, wie sein Kinn zitterte.
Er nahm den Hut ab und gab Mamka die Hand. Dann ging er rasch hinter meinem Vater über die Treppe.

Ich wollte Gabka nicht ins Zimmer lassen. Ich ging auch nicht hinein. Aber sie entwischte mir. Sie ging zu Janas Bruder und fragte ihn: »Bist du Peter oder bist du Pavel?«
Der Junge drückte sich an den Vater. »Geh weg«, sagte er zu Gabka in so bösem Ton, daß ich erschrak. »Hörst du, du sollst weggehen!« schrie er. Er hielt die Hände vors Gesicht und wandte sich ab.
Ich packte Gabka und schickte sie zu Jula in die Küche.
Dann ging ich ohne Mütze nach draußen, nahm die Skier und lief in die Berge.
Der Schnee blendete mich. Er klebte an den warmen Skiern. Aber ich lief und lief. Ich lief zur Lawine. Ich lief quer über den Berg, immer höher. Ich wollte niemanden treffen. Ich wollte endlich allein sein. Ich blieb stehen, verschnaufte und fuhr hinunter ins Tal.

Vom Berg kam eine Gruppe von Leuten mit Schaufeln über der Schulter. Dahinter ein Schlitten.
Sie haben Jana gefunden ... sie bringen Jana ... eingehüllt in eine Decke.
Die rote Decke hob sich leuchtend vom weißen Schnee ab. Auf der Decke lag etwas Grünes.
Nur langsam kam der Zug voran, obgleich es bergab ging.

Ich fuhr nach Hause zurück. Aber ich ging nicht hinein. Ich wollte draußen warten und mit Vuk hineingehen. Jetzt konnte ich ihn nicht allein lassen. Jetzt konnte ich ihn nicht verlassen.

Im Schuppen erklangen die Glöckchen. Jula wollte die Fackel holen und war gegen den Schlitten gestoßen. Die Glöckchen läuteten.
Ich stellte die Skier weg, lief in den Schuppen und nahm die Glöckchen vom Schlitten. Dann ging ich zum Eiskeller und warf sie in den tiefen Schnee, damit sie da verrosteten und nie mehr läuteten.

Die Leute mit dem Schlitten hielten vor der Hütte. Vuk ging langsam hinein. Im dämmrigen Licht sah ich, daß sein Gesicht in der Nacht noch mehr eingefallen war.
Die anderen blieben bei dem Schlitten. Bei Jana. Ich habe sie nicht gesehen. Ich sah nur die rote Decke und zu ihren Füßen einen Kranz aus Latschen.

Vuk ging in die Küche auf Janas Vater zu. Dann blieb er stehen und hob den Kopf. Er stand wie aus Stein.
»Ich ...« Er wollte etwas sagen. »Meine ...« Aber seine Kehle war wie zugeschnürt. Nur seine Schultern bewegten sich. Und dann wurde er vom Weinen wie von Krämpfen geschüttelt.
Janas Vater legte Vuk die Hand auf die Schulter, dann um den Hals. Er zog Vuks Kopf an sich und weinte. »Was sollen wir denn jetzt nur machen, mein Junge«, sagte er.
Dann nahm er den schwarzen Hut, faßte den Jungen an der Hand und ging mit meinen Eltern hinaus.
Vuk warf sich über den Tisch und weinte herzzerreißend.
Ich wollte zu ihm, aber Jula hielt mich zurück. Zusammen mit Gabka gingen wir hinaus. »Laß ihn jetzt«, flüsterte Jula. »Er wird auch das durchstehen.«
Ich stellte mich ans Fenster und blickte hinaus.
Der Schlitten setzte sich in Bewegung. Der Kranz aus Latschen erzitterte ein wenig. Jana ging von uns. Dort auf dem Schlitten, der still über den Schnee glitt, ging die stille Prinzessin aus dem fernen Norden von uns.

Schweigend standen die Leute auf der Terrasse.
Nur Janas Vater, ihr Bruder und meine Eltern gingen hinter dem Schlitten her.
Feiner Schnee stäubte vom Himmel. Er bedeckte Jana mit silbern glänzenden Funken.
Ich ging in unser Zimmer fünfzehn. So lange war ich nicht dagewesen. So lange … Und doch war es erst vorgestern.
Ich sah mich im Zimmer um, sah das Bäumchen, an dem nur noch leeres Papier hing. Ich konnte nicht glauben, daß das alles erst zwei Tage her war. In zwei kurzen Tagen so viel Grauen.
Ich legte mich auf mein Bett unter die weiße Decke. Und langsam formte sich in mir die Vorstellung, daß all dieses Schreckliche nicht hier geschehen sein konnte, niemandem und nirgends, nirgendwo auf der ganzen Welt.

Anfang April wurde bei uns antelefoniert, daß Jula nach Benuschov kommen sollte, um ihre kranke Schwester zu pflegen. Am Morgen ging ich nicht zur Schule. Vater fuhr Jula weg, und Gabka und ich blieben allein in der Hütte.
Ich hatte gerade die Hütte abgeschlossen und den Schlüssel Gabka an den Gürtel gebunden, als die Hunde anfingen zu bellen. Ich konnte niemanden sehen, aber Gabka lief schon den Weg hinunter. Dann zeigte sich zuerst eine altmodische Skimütze, dann eine verschossene Windjacke, und schließlich tauchte in ganzer Schönheit Onkel Lukavec auf.
Onkel Lukavec hatte ich sehr gern, vor allem nach jenem Silvesterabend, an dem er zu uns ins Zimmer gekommen war und bei Mamka gesessen hatte. Ich hatte ihn auch gern, weil

er immer etwas zu erzählen wußte und weil er fast jedes Wochenende zu uns kam.
Nach Neujahr war Mamka krank geworden. Fünf Wochen lag sie im Krankenhaus, und danach war sie unten in Benuschov. Vater hatte sich schon überlegt, ob er die Hütte aufgeben und hier weggehen sollte. Ohne Mamka können wir schließlich nicht leben. Aber Onkel Lukavec sagte immer: abwarten.
Gabka warf sich dem Onkel entgegen und begrüßte ihn so stürmisch, daß er beinah das Gleichgewicht verlor. Die Hunde hätten ihn vor Freude fast aufgefressen.
Es sah sehr komisch aus, wie sich die Gruppe langsam der Hütte näherte. Alle Augenblicke blieben sie stehen, manchmal alle zusammen und manchmal einzeln. Aber immer kamen sie dann doch einen Schritt näher.
Ich erinnerte mich gut, daß Onkel Lukavec in der Silvesternacht zu Mamka gesagt hatte, keiner habe ihn gern. Vielleicht stimmte das damals wirklich. Aber als ich ihn jetzt näher kommen sah, wußte ich, daß das nun überhaupt nicht mehr stimmte.
»Guten Tag, Herr Wirt«, sagte er mit ernstem Gesicht und gab mir die Hand. Es wurde mir klar, daß ich genau an der Stelle stand, wo sonst Vater steht, wenn er die Gäste begrüßt.
Darum sagte ich, genau wie Vater: »Herzlich willkommen!« Und genau wie Vater sagte ich zu Strasch und Boj, sie sollten den Gast in Ruhe lassen.
Gabka erklärte mir: »Daß du es nur weißt, jetzt bleibe ich hier. Jetzt gehe ich nicht mit dir zu den Fischen.«
»Eine Flasche Bier werden Sie mir aber doch wohl geben, Herr Wirt«, sagte Onkel Lukavec.
»Natürlich«, sagte ich und stieß Gabka an, damit sie mir den Schlüssel gab.
»Oder weißt du was«, sagte Onkel Lukavec da, »ich trinke

lieber oben aus der Quelle. Ich habe eigentlich gar keinen Appetit auf Bier. Ihr macht hier eure Arbeit, und am Abend bin ich wieder da. Und dann bleibe ich über Nacht.«
»Gut«, sagte ich, »ich heize in Zimmer drei.«
Er schlief immer in Zimmer drei.
»Aber warum? Es ist doch schon warm, da brauchst du nicht extra zu heizen.«
Aber ich würde doch heizen, denn die Nächte waren noch kalt. Kurz darauf war Onkel Lukavec schon in den Bergen verschwunden.

Immer muß er hinauf in die Berge. Nichts und niemand kann ihn davon abhalten. Ich mußte an das denken, was er damals in der Nacht gesagt hatte. Daß die Berge das einzig Verläßliche in dieser Welt wären. Aber daß sich nichts an ihnen änderte, stimmte nicht. Der Bach zum Beispiel, der vor kurzem noch eisbedeckt war, rauscht und tritt über die Ufer. Und so erwacht überall die Natur zu neuem Leben.

Gabka und ich gingen zum Bach. Wir wollten uns zum Abendessen Forellen fangen. Nach einer Stunde hatten wir zwölf Forellen geangelt. Vier mußten wir wieder ins Wasser werfen.
»Die können wir uns panieren«, erklärte Gabka.
»Ich kann keine Forellen panieren«, sagte ich. »Wir tun sie einfach in die Röhre und geben ein Stück Butter dazu.«

Nichts haßte Vater mehr, als wenn wir uns allein am Bach herumtrieben. Aber auch von Vuk bekam ich allerlei zu hören, wenn ich zu seinen Forellen ging.
Jetzt allerdings würde er sich überhaupt nicht darum kümmern. Er war seit Neujahr schon ein paarmal wieder zu Hause gewesen. Aber es interessierte ihn nichts, aber auch gar nichts mehr.

Wir schlossen die Hütte auf. Die Hunde ließen wir draußen, damit sie uns warnten, wenn eine Gefahr drohte.
Gabka ließ mir mit ihrem Panieren keine Ruhe. Ich sagte ihr, daß in der Küche kein einziges Ei mehr sei. Darauf band sie sich Mamkas Schürze um und ging auf die Wiese, um nach Eiern zu suchen. So seltsame Hühner haben wir nämlich. Sobald der Schnee weg ist, legen sie kein Ei mehr in die Heunester im Schuppen, sondern überall draußen auf der Wiese an Stellen, die nur Gabka kennt.
»Wenn ich Eier finde, dann panieren wir die Fische«, sagte Gabka noch einmal, als sie schon auf der Treppe war.
Natürlich werden wir sie nicht panieren. Wenn sie allerdings im Backrohr nichts werden, müssen wir sie doch panieren.
Ich legte die gesäuberten Fische in die Bratpfanne und gab ein Stück Butter dazu. Die Forellen bei uns sind wunderbar. Silbern, mit roten Pünktchen. Vielleicht, weil das Wasser im Bach bei uns auch silbern ist.
Ich schob die Pfanne in die Röhre und räumte die Küche auf, damit keine Spuren von unserer Fischwilderei zurückblieben.

Das Feuer im Herd brannte lustig, und schon zog ein wunderbarer Duft aus der Backröhre durch die Küche. Aber Gabka war immer noch nicht zurück.
Ich ging ins Zimmer und blickte aus dem Fenster.
Bald darauf tauchte Gabka auf. Gabka in Mutters Schürze. Langsam und ernst schritt sie durch die Wiese. Dann blieb sie stehen und hob den Kopf.
Plötzlich tat sie mir leid. Da stand sie, klein, verlassen, mit der viel zu großen Schürze, mit zerzaustem Haar, in verschmutzten Stiefelchen, vielleicht ohne Socken. In den roten Stiefelchen, die früher einmal so schön waren. Und mit der Hand wischte sie sich die Nase ab. Ein kleines, verlassenes, frierendes Mädchen.

Ich öffnete das Fenster. »Gabka«, rief ich, »Gabka, komm rein, die Fische duften schon.«
Sie rührte sich nicht. Da hörte ich ein Auto den Berg heraufkommen. Und dann sah ich es. Unseren Citroën.
Die Forellen im Backrohr waren bald fertig. Sie mußten schon bis ins Tal hinunter duften. Ich malte mir aus, was jetzt passieren würde.

Ich begriff nicht, warum Gabka wie eine Salzsäule auf der Wiese stand. Und warum sie puterrot geworden war. Und warum sie die Enden von Mutters Schürze losließ, so daß drei weiße Eier herausfielen.
Der Citroën hielt unter dem Fenster. Und jetzt begriff ich es. Neben Vater saß Mamka.
Ich rannte nach draußen. Aber Mamka lief schon über die Wiese zu Gabka. Und Gabka stand regungslos da und sah puterrot und ängstlich auf die drei zerbrochenen Eier im Gras.

Hinten aus dem Wagen stieg Vuk. Ich freute mich wahnsinnig darüber. Wenn er doch nur jedes Wochenende nach Hause käme.
Wir trugen den Einkaufskorb aus dem Auto in die Küche. Vuk roch natürlich sofort den Duft von den Fischen und fragte: »Was wird denn hier gebraten?«
Ich sagte keinen Ton. Vuk öffnete die Tür der Backröhre.
»Der wievielte ist heute?« sagte er wütend.
»Der wievielte?« Ich tat unschuldig. »Das weiß ich wirklich nicht. Heute ist Samstag. Aber das Datum weiß ich nicht.«
»Dir werd ich helfen«, rief Vuk. »Jedenfalls ist heute ganz bestimmt noch nicht der fünfzehnte Mai.«
Das wußte ich auch ohne ihn. Aber wenn ich Forellen wildern gehen wollte, konnte ich mich nicht um das Datum und die Schonzeit kümmern.
»Ich wußte es wirklich nicht, Vuk«, begann ich schmeichelnd.

»Ich dachte, das finge schon am ersten April an. Das ist doch nicht so schlimm. Da ist keine mit Rogen dabei. Die habe ich alle wieder in den Bach geworfen.«
»Halt den Mund!« sagte Vuk.
Ich lief nach draußen, um Mamka zu begrüßen. Sie saß unter dem Marmanec und hatte Gabka auf den Knien. Gabka hielt eine Tafel Schokolade in der Hand, aber sie hatte sie noch nicht einmal angebrochen. Sie saß nur ganz still da.
Ich wollte Mamka fragen, ob sie nun bei uns bleiben würde. Aber ich konnte es nicht.
So ist das immer mit mir. Wenn ich etwas brennend gern wissen möchte, dann wage ich nicht zu fragen.
Ich setzte mich zu Mamka. Sie blickte auf die Löcher in meinem alten Pullover. Dann nahm sie den kleinen Kamm aus ihrem Haar und begann, Gabka zu kämmen. Sie sagte nichts.

Vater erschien auf der Treppe. »Kommt zum Essen«, sagte er. »Djuro hat uns zum Empfang ein Gastmahl bereitet. Es wird zu Tisch gebeten.«
Jetzt wußte ich, daß mir nichts mehr passieren konnte. Es gibt doch verrückte Dinge auf der Welt.
Wir gingen in die Hütte. Vater trug Mamkas Koffer. Aber der Koffer bedeutete noch keine Antwort auf meine Frage, die ich nicht zu stellen gewagt hatte. Koffer kann man leicht hinein- und wieder heraustragen.

Gabka und ich deckten den Tisch. Vater und Vuk trugen noch etwas aus dem Auto herbei. Etwas in Taschen.
»Bring den Kellerschlüssel her«, rief Vater mir zu.
»Wozu sollen die in den Keller?« fragte Mamka. »Es gibt keinen Frost mehr. Tragt sie doch in den Schuppen. In zwei bis drei Wochen können wir sie setzen.«
Es waren die Kartoffeln aus Benuschov.
Ich lief zu Mamka. Aber ich sagte nichts, denn mir war zum

Heulen zumute. Doch das darf niemand sehen, auch Mamka nicht. Darin bin ich wie Vuk.
Aber sonst bin ich nicht wie Vuk, der nur ein einziges Mal in seinem Leben wirklich geweint hat.

»Ich bin gespannt, wer Mamka den Zaun aus Haselruten aufstellt«, sagte Vater bei Tisch. »Und wer den Dünger bringt.«
»Was ich versprochen habe, halte ich«, sagte Vuk und stand auf. Auf dem Gang zog er sich die Arbeitsschuhe an und ging die Treppe hinunter.
Ich sah, wohin er ging. Und als er hinter dem ersten Berg verschwand, ging ich ihm nach. Wie immer. Ich ging. Nicht mit ihm. Aber ich folgte ihm. Ich folgte seiner Spur. Damit er allein sein konnte und doch nicht ganz verlassen war in der Abenddämmerung am Kozi-Rücken.

Nachwort

Kinder brauchen Bücher, und zwar die allerbesten und vor allem die richtigen Bücher. Wie soll man sie finden?

Seit rund 30 Jahren wird der Deutsche Jugendliteraturpreis verliehen, 1956 von der Bundesregierung gestiftet und seitdem der einzige literarische Staatspreis.

Er hat mit dazu beigetragen, daß die Kinderliteratur in der Bundesrepublik so vielfältig, weltoffen und gut geworden ist, wie wir sie heute kennen.

An jede Altersstufe wird gedacht, jedes Kind kann die Bücher finden, die ihm Spaß machen und sein Weltverständnis wekken. Alle Eltern finden Bücher, die ihren Literaturvorstellungen und Erziehungsgrundsätzen entsprechen. Jedes Jahr im Herbst wird der Deutsche Jugendliteraturpreis verliehen, und zwar in den Kategorien Bilderbuch, Kinderbuch, Jugendbuch und Sachbuch.

»Oetinger AUSLESE« möchte die wichtigsten und interessantesten Titel zusammenfassen und bietet in Zusammenarbeit mit anderen Kinderbuchverlagen auf diese Weise eine Bibliothek aus preisgekrönten und ausgesuchten Büchern, einen Querschnitt durch die Kinder- und Jugendliteratur.

1970 wurde kein Kinderbuchpreis verliehen. Der Deutsche Jugendliteraturpreis wurde also nur durch das Bilderbuch *Kunterbunter Schabernack* von Wilfried Blecher, vom Sachbuch *Der Mann, der überlebte* von Lawrence Elliott und vom Jugendbuch repräsentiert. Mit dem Jugendbuchpreis wurde der Roman von Klara Jarunkova *Der Bruder des schweigenden Wolfes* ausgezeichnet. Er kam aus der Tschechoslowakei, aus einem Land, das gerade in dieser Zeit besonders viele interessante Autoren zu bieten hatte. Auf der Auswahlliste werden weitere Titel von tschechoslowakischen Autoren hervorgehoben: Vera Adlova, Bohumil Riha und Jan Procházka.

Noch finden sich auf der Auswahlliste etwa 60% Übersetzungen, und es beginnen sich solche Titel zu mehren, die man später als Fantasy Literatur bezeichnen wird. Gleichzeitig gesellt sich ein deutscher Schriftsteller dazu, der bisher nur für Erwachsene geschrieben hat. Das war damals noch verhältnismäßig selten. Peter Bichsel wurde für seine *Kindergeschichten* gleich mit einem Sonderpreis ausgezeichnet. Klara Jarunkova gehört ebenfalls zu denen, die das, was zu erzählen ist, nicht für Kinder und Jugendliche zurechtstutzen und besänftigen. Sie erzählt vom schweren Alltag der Menschen im Hochgebirge, von Freundschaft, erster Liebe, Schuld und Tod. Und sie versteht es auf wirklich unvergleichliche Art, aus einem Sack Kartoffeln ein Symbol der Hoffnung zu machen.

Dr. Sybil Gräfin Schönfeldt

Oetinger AUSLESE

Scott O'Dell, 1903 in Los Angeles geboren, Autor zahlreicher Romane und preisgekrönter Jugendbücher, erzählt in seinem Buch **Insel der blauen Delphine,** das ebenfalls in der Reihe Oetinger AUSLESE erschienen ist, von einem Indianermädchen, das achtzehn Jahre lang auf einer einsamen, von Delphinen umspielten Insel im Pazifik leben mußte. Eine Geschichte, die sich Mitte des vorigen Jahrhunderts tatsächlich zugetragen hat, nur fünfundsiebzig Meilen von Los Angeles entfernt.

„Ein außergewöhnliches Schicksal wird hier zum Bild und Gleichnis des menschlichen Lebens, das nur mit Mut, Vertrauen und Zuversicht gelebt werden kann."
Aus der Begründung der Jury zum Deutschen Jugendliteraturpreis

Verlag Friedrich Oetinger · Hamburg

Oetinger AUSLESE

Frederik Hetmann (d. i. Hans-Christian Kirsch), Jahrgang 1934, freier Schriftsteller, Autor von Romanen und Jugendbüchern, erzählt in seinem Buch **Amerika Saga** – von Cowboys, Tramps und Desperados –, das ebenfalls in der Reihe Oetinger AUSLESE erschienen ist, wie die Vereinigten Staaten von Amerika entstanden, wie sie ein Land wurden, in dem, stärker vielleicht als anderswo, die Menschen ihren Traum vom irdischen Glück zu verwirklichen trachteten.

„Frederik Hetmann hat mit viel Interesse und Liebe amerikanische Volksbücher, Sagen, Legenden, Märchen, Balladen und Lieder gesammelt und in vier Kapiteln zu einem faszinierenden Buch gegliedert."
Aus der Begründung der Jury zum Deutschen Jugendliteraturpreis

Verlag Friedrich Oetinger · Hamburg